Peter Haida

„Saufladenbesitzerssohn"

Peter Haida

„Du elender

Saufladenbesitzerssohn!"

– Mit 15 in den Fünfzigern –

Ein Tagebuch-Roman

Bibliografische Information der Deutschen
Nationalbibliothek: Die Deutsche Nationalbibliothek
verzeichnet diese Publikation in der Deutschen
Nationalbibliografie; detaillierte bibliografische Daten
sind im Internet über dnb.dnb.de abrufbar.

© 2022 Peter Haida

Herstellung und Verlag:
BoD – Books on Demand, Norderstedt.

ISBN 978-3-752-65966-5

„... um noch einmal die alten grünen Pfade der Erinnerung zu wandeln."

Gottfried Keller, Der grüne Heinrich

„... unsere Erinnerungen bestimmen, wer wir sind".

Martin Korte, Wir sind Gedächtnis

Donnerstag, 8. Dezember 1955

Gleich zu Beginn dieses Tagebuchs habe ich ein Jubiläum zu vermerken. Nicht, daß jemand auf den Gedanken käme, das irgendwie zu feiern! Heute vor genau fünf Jahren sind wir, Vati, Mutti und ich, in der Eifel angekommen, im Lager Daun. Wir kamen damals mit einem Umsiedlertreck von Bayreuth und waren zwei Tage und eine Nacht mit dem Zug gefahren. Die Eifel erschien uns trostlos und kalt. Ich kam mir ganz verloren vor und hatte fürchterliches Heimweh. Einem guten Freund aus Bindlach schrieb ich einen langen Brief über meine Eindrücke: den vielen Schnee, die Fahrt mit einem Bus, der mit wahnsinniger Geschwindigkeit bergauf-bergab über die eisverkrusteten Straßen raste. Ich hoffte auf eine baldige Antwort zur Linderung meines Heimwehs. Leider bekam ich keine.

Wir bereuten es bitter, nicht in Bayern geblieben zu sein, auch wenn Vati die meiste Zeit arbeitslos gewesen war. Die erste Zeit, nachdem er 1946 aus englischer Gefangenschaft entlassen worden war, hat er bei der Trümmerbeseitigung in Bayreuth geholfen, dann als Holzfäller im Wald gearbeitet oder auf dem Bau. Jetzt haben wir eine Gastwirtschaft gepachtet in einem Dorfe mit etwa 800 Einwohnern, und Vati braucht nicht mehr solche Gelegenheitsarbeiten zu verrichten. Er ist ja jetzt schon über fünfzig. Es geht uns doch schon viel besser nach fünf Jahren!

Bald nach unserer Ankunft kam ich als Fahrschüler in die Sexta des Gymnasiums in Gerolstein und mußte jeden Tag mit der Bahn oder mit dem Bus hinfahren. In meiner allerersten Stunde platzte ich mitten im Schuljahr vormittags in den Unterricht mit einer Sprache, von der ich überhaupt noch nichts wußte: Latein. Es war da die Rede von einem Mann mit dem komischen Namen Coriolanus, der irgendeinen Umsturz angezettelt hatte und deswegen zur Schnecke gemacht werden sollte. Da ich von nichts Ahnung hatte, mußten wir gleich einen Nachhilfelehrer für mich suchen, der mir den versäumten Stoff beibringen sollte. Er ging mit einem Stock, weil er - wohl aus dem Krieg - eine Beinverletzung hatte. Er war sehr nachgiebig, erklärte mir alles gut, fragte mich aber kaum ab, weshalb ich letztlich wenig lernte und immer noch Schwierigkeiten mit dem Latein habe.

Sonntag, 11. Dezember
Unsere Hauswirte und Verpächter sind ganz freundliche Leute, ein Ehepaar mit zwei Töchtern,

die ältere, Irmgard, ist etwas jünger als ich. Sie hat leicht rötliche Haare, die meist zu Zöpfen geflochten sind, und ein rundliches Gesicht. Die Leute haben sich viel Mühe gegeben, uns die Besonderheiten der hiesigen Bevölkerung zu erklären und uns den Start zu erleichtern. Mit der Sprache kommen wir nicht so gut zurecht. Sie scheint irgendwie mit dem Kölnischen verwandt zu sein. Teilweise amüsieren wir uns über einzelne Ausdrücke. Zu Kartoffeln sagen sie hier „Schrumpern" oder, noch etwas stärker im Dialekt, „Schrompere". Das ist irre komisch. Der Dialekt unterscheidet sich von Dorf zu Dorf. Es gibt einen Satz, der den Unterschied deutlich machen soll. In Dreis sagt man angeblich: „Hej het int Bett jescheß" und im zwei Kilometer entfernten Dockweiler: „Hej het int Bett jeschoß."

Unser Hauswirt heißt Christian mit Vornamen und war früher Schmied und dann Gastwirt, bis wir die Kneipe pachteten. Jetzt arbeitet er nur noch gelegentlich in seiner Werkstatt. Manchmal hilft er noch aus. Meine Eltern sind einerseits dankbar dafür, andererseits befürchten sie Einmischung.

Sie haben eine Reklame-Postkarte drucken lassen. Darauf mit schwungvoller Schrift Gasthof-Pension „Schwedenschänke" und zwei Bilder, das Haus mit der angebauten Veranda und ein Blick in das Lokal mit der Theke. Darüber ist eine Inschrift angebracht, die sich auf den Namen des Hauses bezieht. Angeblich soll sich 1809 der Schweden-könig Gustav Adolf IV. auf seiner Flucht vor Napoleon in diesem Hause versteckt haben. Das Zimmer, in dem er gewohnt hat, heißt Schwedenzimmer und wird an Übernachtungsgäste vermietet. An der Außenseite des Hauses steht über dem Eingang in vergoldeten gebrochenen Buchstaben „Gasthof Steffens", was sich auf einen früheren Besitzer bezieht.

Dienstag, 13. Dezember

In der ersten Zeit, als wir angekommen waren, habe ich noch mit im Ehebett geschlafen, da war ich immerhin schon 13. Dann bekam ich endlich unter dem Dach eine Art Zimmer. Um dort hinzukommen, muß man zuerst durch den Dachboden gehen, danach durch einen mit Gerümpel vollgestellten Raum, den wir „Vorhölle" nennen. In keinem der Räume gibt es Licht, und man muß sich abends mühsam durch die Dunkelheit tasten, bis man bei mir ist.

Das eigene Zimmer ist für mich natürlich ein Paradies. Dort kommt selten jemand hin, und ich kann nach Herzenslust lesen, selbst noch abends. Offiziell darf ich das natürlich nicht, aber man hört es, wenn jemand den Dachboden betritt. Dann knipse ich die Taschenlampe aus und tue so, als ob ich schon schlafe. Die Wände sind etwas schief, die Tür besteht aus zusammengenagelten Brettern, die zwar in Angeln hängen, sich aber nur lose an den Rahmen anlehnen. Es gibt weder Klinke noch Schloß. Manchmal kommt nachts durch einen Spalt eine Ratte ins Zimmer.

Mittwoch, 14. Dezember

Im Augenblick bin ich ganz böse in der Klemme. Die zweite Franzarbeit ist wieder eine 5. Zwei Fünfen also und eine Vier. Unser Französischlehrer hat aber gesagt, daß ich wahrscheinlich noch eine Vier auf dem Zeugnis bekäme. Aber da ist noch eine andere unangenehme Sache: Bis heute waren wir, mein bester Freund Dieter aus Neroth und ich, am Mittwochmorgen immer in der Schulmesse. Heute wollten wir mal schwänzen. Zuerst gingen wir in eine Buchhandlung und kauften uns jeder ein rororo-Taschenbuch. Als wir herauskamen, zählten wir unsere Barschaft und stellten fest, daß es zu wenig war, um zum „Toni" zu gehen. So drehten wir uns um und wollten in den Bahnhofswartesaal, weil man da nichts zu verzehren braucht. Da sah der Dieter plötzlich unseren Deutsch- und Geschichtslehrer vor uns, den Hammes. Wir marschierten in Richtung Kirche und verschwanden schnell in einem Laden. Es war gleichfalls ein Buchgeschäft. Jetzt mußten wir auf Zeit arbeiten, bis der Pauker vorbei sein würde. Zuerst erstanden wir einen Stenoblock und ließen uns einige Bücher zeigen. Als wir die Gefahr gebannt glaubten, traten wir auf die Straße und fanden zu unserem Entsetzen den Pauker dort wartend stehen.

„Ich habe euch beobachtet und werde es in der Konferenz vorbringen", sagte er zu uns tödlich Erschrockenen. Da hatten wir es. Prost Mahlzeit! Als wir schließlich in die Kirche kamen, war die

Messe schon halb zu Ende. Der Hammes erzählte es wohl gleich noch dem Chemielehrer, worauf dieser mißbilligend zu uns herüberblickte. Wenn der Schulleiter davon erfährt, und er ist gerade schlecht gelaunt, gibt es möglicherweise Arrest.

Auf dem Weg zur Schule legten wir uns einen Plan zurecht: Eigentlich wollten wir in die Kirche gehen, doch vorher noch ein Buch als Weihnachtsgeschenk für Dieters Schwester besorgen. Wir kommen aus dem Laden, sehen den Lehrer auftauchen, fürchten einen Anpfiff, weil es schon so spät ist, und versuchen deshalb unterzutauchen. Das stimmt alles, bis auf das Erste, nämlich, daß wir zur Messe gehen wollten.

In der sechsten Stunde haben wir den Onkel, der uns erwischt hat. Er nimmt sich einen Stuhl, was er sonst nie tut, und setzt sich vor die Klasse. Einer lacht. Der Hammes sagt, daß er sich in den letzten Stunden immer setzen müsse, da sein Fuß ihm Schwierigkeiten mache. (Er ist nämlich kriegsverletzt.) „Aber du kannst ruhig weiterlachen, Heinen", sagt er abschließend zu dem Schüler, der gelacht hatte, „Lachen ist gesund!" „Zehn Minuten Lachen ersetzt ein Ei", sage ich halblaut vor mich hin. „Du solltest ganz ruhig sein, Haida", weist er mich zurecht, „mit dir stehe ich seit heute morgen auf dem Kriegsfuß!"

Ich merke, daß er gut gelaunt ist, sonst würde er überhaupt nicht darauf eingehen. „Wenn wir das gewußt hätten, äh, mit Ihrem Fuß, dann ..." Ich muß plötzlich so lachen, daß ich nicht weiter-

sprechen kann. Da ist er wohl neugierig geworden und sagt, ich soll weiterreden. „... dann
hätten wir - Sie - uns – nicht - heute früh - solange
nachlaufen lassen", stottere ich.

„Es gibt sehr billige Tricks", sagt er tadelnd.
„Was sollten wir denn tun?", frage ich, „da es
schon so spät war, hätten wir sicherlich eins aufs
Dach bekommen, das wollten wir uns ersparen!"
Und nun, da ich reden kann, erzähle ich vor der
ganzen Klasse die Geschichte, aber so, wie wir sie
uns zurechtgelegt hatten. Alle lachen. Vielleicht
habe ich etwas gebessert mit meinem Vortrag,
indem der Hammes nicht mehr so wütend auf uns
ist.

Donnerstag, 15. Dezember

Doris S. müßte eigentlich heute kommen. Das ist ein Mädchen aus Düsseldorf, das mit seiner Familie einmal hier gewohnt hat und mit Irmgard befreundet ist. Sie war schon öfter hier, aber im Anfang habe ich sie gar nicht beachtet. Als uns mein Vetter Günter besuchte, hat er mich auf sie aufmerksam gemacht. Bei seiner Abfahrt gab er mir den Auftrag, ihm doch ein Bild von ihr zu beschaffen. Da hatte er mir was Schönes eingebrockt, denn ich mußte mich abmühen, es so unauffällig zu machen, daß niemand etwas davon bemerkte.

Durch diese Anstrengung bin ich selbst auf sie aufmerksam geworden und war einfach hin. Ich dachte, es würde vorübergehen, aber es hat sich immer noch verstärkt. Sie hat ein schmales Gesicht, braune, kurze Haare und ist immer gut und niedlich angezogen. In den Ferien besucht sie ihre ältere Schwester Hannelore, die mit ihrem Mann hier wohnt. Das ist eine ganz patente Frau, mit der man sich gut unterhalten kann, auch über Literatur und so. Sie ist etwas älter als ich, vielleicht so zehn oder zwölf Jahre, jedenfalls noch unter dreißig und sehr schlank.

Ihr Mann heißt Paul und ist ein netter, gutmütiger Typ, den ich gern habe. Manchmal darf ich mit ihm Motorrad fahren, oft vorne am Lenker. Meine Eltern verstehen sich mit diesem Ehepaar ganz gut, eigentlich sind es die einzigen Leute, mit denen sie näher bekannt sind und vielleicht sowieso nur sein wollen. Sie wohnen am Rande des Dorfes auf einer Anhöhe, die Hardt genannt wird. Sie kommen oft zum Fernsehen, denn unser Fernseher ist der einzige am Ort, der öffentlich zugänglich ist. Den allerersten hier hat sich der Förster angeschafft. Mein Vater ist sehr für Technik, besonders für solche Sachen, und das soll eine Attraktion sein und Gäste anziehen.

Leider hat es erstmal nicht funktioniert, weil wir im Tal liegen und die Rundfunkwellen uns nicht erreichen. Das war eine schöne Enttäuschung, als der Fernseher aufgestellt wurde und man nur so ein Geflimmer sehen konnte. Der Radiotechniker aus Daun, der uns den Apparat verkaufen wollte, hat nach einem Ausweg gesucht und tatsächlich einen gefunden. Oben auf dem Berg wurde ein hoher Mast aufgestellt und darauf eine Empfangsantenne befestigt. Die nimmt die elektromagnetischen Wellen auf und reflektiert sie hinunter zu uns ins Tal. Trotzdem bleibt es noch ziemlich schwierig, es richtig einzustellen. In der ersten Zeit hatten wir oft nur Schneegeriesel auf dem Bildschirm. Außerdem ist es noch immer stark vom Wetter abhängig, ob wir ein gutes Bild haben. Solche Probleme hat der Förster nicht, weil er oben auf dem Berg wohnt.

Als es besser funktionierte, wurde unser Lokal zum Zentrum der Abendunterhaltung. Auf Dauer ging es natürlich nicht gut, daß der Fernseher in der Gaststube stand, wo Leute an der Theke und an den Tischen sitzen und sich unterhalten wollen.

Deswegen wurde er nach einiger Zeit in die Veranda gestellt, das ist ein größerer, eingeschossiger Anbau, in dem an Karneval und Kirmes auch Tanzveranstaltungen stattfinden. So wurde unsere Wirtschaft zu einem Fernsehzentrum, und viele erscheinen abends zum Fernsehen, vor allem zu den großen Unterhaltungssendungen mit Peter Frankenfeld. Gut für uns ist, daß wir zu den wenigen gehören, die hier am Ort ein Telefon haben. Deswegen kommen oft Leute zu uns, die telefonieren wollen und dann ein Bier trinken.

Mich interessierte das Fernsehen immer sehr. Besonders beeindruckt hat mich ein Fernsehspiel mit dem Titel „Geschwader Fledermaus". Es geht darin um eine Staffel von Fliegern, die jeden Tag in den Einsatz müssen und nicht wissen, ob sie heil wieder zurückkommen. Ein weiteres großes Erlebnis war die Übertragung eines Theaterstücks, das hieß „Squirrel" nach einem Roman von Ernst Penzoldt. Es handelt von einem jungen Menschen, der unvermutet bei einer verzweifelten Familie, die sich umbringen will, auftaucht und dort alles belebt und durcheinanderbringt. Ich habe mir immer die Namen von Autoren und Schauspielern gemerkt und dann geschaut, ob ich mehr über sie erfahren kann. Die Titelrolle bei diesem Stück wurde von einer blonden Schauspielerin namens Helen Vita gespielt, und es hat mich wirklich sehr beeindruckt, wie er/sie alles ganz leicht nimmt und das Leben als Spiel betrachtet.

Sonntag, 18. Dezember

Nächste Woche bekommen wir Ferien. Dann muß ich wieder etwas mehr in der Wirtschaft helfen und bei allen möglichen Dingen einspringen. Die Freunde, mit denen ich immer nach Dockweiler zur Bahn und mittags wieder zurückgehe, werde ich eine Weile nicht sehen. Es sind in der Hauptsache zwei Brüder aus einer großen Familie, die oben auf dem Berg wohnt, Knut und Klaus. Ihr Vater hat eine Firma, in der künstlerische Holzarbeiten hergestellt werden, bunte Märchenfiguren und anderes. Mit Klaus verstehe ich mich prima, weil er sehr viel weiß und erzählen kann. Seine Eltern sind ziemlich streng, aber irgendwie doch weltoffen. Sie haben die Nazizeit nicht nur miterlebt, sondern reden auch darüber. Bei uns ist sowas nie Thema, es gibt einfach nicht die Zeit dafür. Vielleicht wollen sie auch nicht darüber sprechen. Alle sind immer sehr beschäftigt.

Klaus kennt eine Menge Lieder, auch solche aus der Nazizeit. Manchmal singen wir sie auf dem Heimweg von Dockweiler nach Dreis und machen uns darüber lustig, indem wir die Texte verändern. Kürzlich, nachdem sich in Belgien die Flamen gegen die Wallonen aufgekröpft hatten, sangen wir statt „Flamme empor", das aber schon ein wesentlich älteres Lied ist, „Flame empor". Solche Ideen hat er.

Klaus und ich sind Rivalen bei Heidi, einem Mädchen aus Daun, das jeden Tag mit uns im Triebwagen zur Schule fährt. Das macht aber nichts, weil wir beide nicht so stark in Heidis Gunst stehen und es noch viele andere Bewerber um sie gibt. Er hat auf jeden Fall die besseren Karten, weil eine seiner Schwestern mit Heidi befreundet ist und sie auf ihrem Berg schon mal besucht hat. Neulich haben wir versucht, sie zu fotografieren. Sie war wie gewöhnlich der verkörperte Übermut, lachte und scherzte mit ihren Freundinnen. Als ich die Kamera in Position bringen wollte, hatte ich plötzlich die Sonne auf dem Objektiv, das war also nichts. Den nächsten Versuch machte Klaus, dann wieder ich. Ich rutschte vom Platz und fotografierte vom Boden aus. Seelenruhig drehte ich den Film weiter und machte noch eine Aufnahme. Das fiel allerdings auf, und sie nannte mich einen blöden Idioten. Aber das paßt zu ihrem Sprachschatz.

Meine anderen beiden Freunde Hermann und Heinz kenne ich nicht von der Schule her, weil sie ein bißchen älter sind als ich. Heinz geht auf die Handelsschule. Wir treffen uns, so oft wir Zeit haben. Was Freunde angeht, sind meine Eltern ziemlich komisch, sie fördern das nicht und betrachten den Umgang mit Mißtrauen. Nur Hermann Abrell, genannt Herm, können sie gut leiden. Er ist sehr freundlich und zuvorkommend. Besonders meiner Mutter gefällt es, daß er immer aufrecht und gerade geht, und sie stellt ihn mir deswegen als Vorbild hin. Er ist im Malen und Zeichnen sehr begabt und will nach der Klasse 10 abgehen und eine Lehre machen.

Dienstag, 20. Dezember
Morgen ist die letzte Mathestunde vor den Ferien, Gott sei Dank, denn ich mag das Fach nicht besonders. Unser Mathelehrer ist ein schon ziemlich alter Mann mit rundem Rücken und spärlichen Haarsträhnen auf seinem Kopf. Er heißt mit Spitznamen Azzaza. Das kommt daher, weil er nur noch wenige grau-schwarze Zahnstummel, vielleicht zwei oder drei, im Mund hat und beim Sprechen zischende und schmatzende Geräusche macht. Seinen richtigen Namen weiß man schon fast nicht mehr. Unangenehm ist es, wenn man in der ersten Reihe sitzt. Dort sprüht es schon mal ein paar Spucketröpfchen.

Was er inhaltlich so sagt, ist aber klar und scharf. Er besteht darauf, daß man nach einem Dezimalkomma die Ziffern einzeln sagt, also nicht siebenkommasechsundfünfzig, sondern siebenkommafünfsechs. Das haben wir so ungefähr als Erstes bei ihm gelernt. Er macht uns oft zur Sau, nicht nur wegen schlechter Leistungen, sondern ebenso mit Hilfe unseres persönlichen und familiären Hintergrundes, den er ganz genau kennt. Unsere Gaststätte nennt er grundsätzlich „Saufladen". Er sagt auch: „Dein Vater ist Inhaber einer Schnapsbude, nicht wahr?": „Nein", antworte ich dann, „es ist eine Gaststätte!" Wenn er auf mich wütend ist, dann schreit er mich an: „Du elender Saufladenbesitzerssohn!" Das klingt auch irgendwie spaßig und macht mir nichts aus, weil ich weiß, wie gleichmäßig übel er alle behandelt.

Gelegentlich variiert er es, indem er sagt: „Du verdammter Saufladenbesitzerssohn!" Daß meine Leistungen in seinem Fach nicht so besonders sind, scheint er persönlich zu nehmen. Deswegen bin ich ein bevorzugtes Ziel seiner Ausbrüche.

Wenn man stört, wirft er mit Kreidestücken oder mit seinem Schlüsselbund. Den muß man ihm noch brav zurückbringen, nachdem man ihn schmerzhaft an den Kopf gekriegt hat. Sein großer Schlüssel kommt auch in anderer Weise zum Einsatz. Wenn wir in die Pause gehen, liebt er es, sich an der Tür aufzustellen und den Vorübergehenden ab und zu mit dem Schlüsselbart eine Kopfnuß zu verpassen. Einmal hatte ich eine knapp ausgeheilte Kopfverletzung, und er traf genau auf den Grind. Es tat so weh, daß ich in die Knie ging.

Neulich gab es einen Zwischenfall, bei dem es richtig ernst wurde. Die Tafel war beschädigt. Tafeln sind offenbar ziemlich teuer. Der Azzaza war ganz außer sich, als er es entdeckte, und wollte wissen, wer das gemacht habe. Unglücklicherweise hatte ich mich am Tag zuvor zum ersten Mal getraut, auf der Tafel herumzukritzeln und meldete mich schuldbewußt. Das hatte einen Wutausbruch von Azzaza zur Folge. Er schmatzte und sprühte noch mehr als jemals zuvor. Er schimpfte nicht nur auf mich, sondern auf alle Flüchtlinge. Sie wären ein nutzloses Pack, Schmarotzer, die immer nur nehmen wollten. Ich war ziemlich fertig und machte mich klein.

Bei der darauf erfolgenden Untersuchung des Falles stellte sich heraus, daß nicht ich der Übeltäter war, denn durch bloßes Herumkritzeln konnten keine solchen Löcher entstehen. Es war ein Klassenkamerad namens Eberhard, den wir „Ebbahoord" nennen. Er hat einen starken sächsischen Dialekt und spricht seinen Namen selbst so aus. Wenn wir ihn ärgern wollen, imitieren wir seine Aussprache und rufen: „Ebbahoord, 's Wochs is worm!" „Ebbahoord" hatte, wie einige Mitschüler gesehen hatten, den Tafel-Zirkel zu einem geraden Stab auseinandergebogen und dann mit der Spitze als Speer gegen die Tafel geworfen. Er ist zwar nicht steckengeblieben, hat aber Löcher hinterlassen. Die Eltern werden zahlen müssen.

„Ebbahoord" kann einen manchmal ziemlich ärgern. Er ist ein kleiner, aber kräftiger Junge, dem es Spaß macht, in der Pause auf dem Schulhof die Leute unverhofft von hinten anzuspringen und sich an deren Schultern festzukrallen, so daß er Huckepack auf ihrem Rücken sitzt, - jedenfalls dann, wenn beide es schaffen, das Gleichgewicht zu halten und nicht umfallen. Mir war das ebenfalls schon passiert. Als er es wieder einmal machte, wußte ich gleich Bescheid und wurde so wütend, daß ich mit geballter Faust an meinem eigenen Kopf vorbei nach hinten schlug und sein Auge traf. Da hatte er keinen Spaß mehr und lief anschließend eine Woche lang mit einem blauen Auge herum.

Samstag, 25. Dezember

Vor Weihnachten war viel los. Gestern wollten wir endlich in der Familie Weihnachten feiern. Wir haben immer geöffnet, außer an zwei Tagen im Jahr: am Karfreitag und am Heiligen Abend, an diesem schließen wir am Spätnachmittag, wenn der letzte Gast gegangen ist. Dieser letzte Gast ist meist der alte Nicklas. Er ist kein Bauer wie die Leute sonst hier, er hat nur einen Hof, auf dem lauter Schrott-Teile herumliegen. Als Tüftler hat er sich aus alten Panzer- und Fahrzeugteilen eine Maschine zusammengebastelt, mit der man Holz sägen kann. Außerdem kann diese Maschine fahren. Er sitzt dann seitlich drauf und tuckert im Schrittempo von Haus zu Haus. Dort sägt er Holzstämme in Abschnitte zurecht, die man mit der Axt zu Feuerholz spaltet. Auf diese Weise verdient er sich sein Brot oder jedenfalls etwas dazu.

Er lebt allein und ist wohl ziemlich einsam. Deswegen saß er am Heiligen Abend bei uns in der Gaststätte und wollte nicht nach Hause gehen. Ab einem gewissen Punkt waren die Unsrigen schon ziemlich entnervt und fingen an, Stühle auf die Tische ringsum zu stellen. Es dauerte ziemlich lange, bis er merkte, worauf wir hinauswollten, und endlich nach Hause ging. Dann waren wir allein, und Weihnachten konnte beginnen. Der Weihnachtsbaum war vorher schon angezündet, und wir legten die Geschenke darunter. Ich bekam dieses Jahr ein blaues Oberhemd und

Unterwäsche, „was Praktisches", wie Mutti sagte. Nun hatten wir Zeit für die Familie, aber es passierte nicht viel. Irgendwie konnten wir damit nicht umgehen. Schließlich aber doch: Vati holte ein Schachbrett und begann damit, mir das Schachspielen beizubringen. Das fand ich sehr gut. Ich merkte natürlich, daß er mich gewinnen ließ, weil ich es nicht gleich gut konnte. Aber insgesamt fand ich den Abend prima.

Montag, 2. Januar 1956
An Neujahr hatten wir Tanz. In den letzten sechs Tagen bin ich kein einziges Mal vor Mitternacht ins Bett gekommen. Gestern noch zeitig aufgestanden und den ganzen Tag gearbeitet, den Saal und das kleine Zimmer fertig zu machen für den Tanz. Jetzt reicht's mir aber bald. Der Trubel ist Gott sei Dank vorbei. Heute haben wir noch den ganzen Tag Aufräumungsarbeiten gemacht. Dafür kommt jetzt eine ruhige Woche. Bis zum 10. Januar haben wir ja Ferien.

Mittwoch, 18. Januar
Jetzt ist es passiert. Eine kleine Übungsarbeit in Physik, ganz einfache Sache, aber total verbaut. Werde wohl keine 2 mehr bekommen.

Donnerstag, 19. Januar

Bin gut gelaunt. Kein Wunder. Die Englisch- und die Latein-Arbeit heute zurückbekommen, beide 3! In der Schule wurde der bestellte Schiller-Band ausgegeben, eine preiswerte Sonderausgabe, die letztes Jahr zum 150. Todestag des Dichters erschienen ist. Zehn Dramen und außerdem sehr viele Gedichte in einem Band. 1100 Seiten, kostet nur 5,30 DM. Vom Lesering, in dem ich Mitglied bin, bestelle ich jetzt eine Goethe-Gesamtausgabe in sieben Bänden. Davon bekomme ich für meine Punkte jedes Vierteljahr zwei Bände. In einem Jahr bin ich also Besitzer von Goethes Gesammelten Werken, in grünes Leinen gebunden. Ganz gut! – Habe mich für einen Erste-Hilfe-Kursus vom Roten Kreuz angemeldet. Kann nicht schaden.

Mittwoch, 25. Januar

Wir lesen sehr gerne die Wildwest-Hefte aus der Billy-Jenkins- und Tom-Mix-Reihe, das Heft zu 40 Pfennig. Meinen Spitznamen Tom Mix hat mir indirekt der Azzaza verschafft. Der hatte mich in einer Mathestunde an die Tafel geholt und was rechnen lassen. In so einer Situation kriege ich aber die totale Panik. Ich stand also vorn und hatte Mattscheibe. Azzaza schickte mich auf meinen Platz zurück, nicht ohne mich als Versager zu tadeln. Dort war ich wieder die Ruhe selbst, holte meinen Tom Mix hervor und fing an, unter der Bank zu lesen. Azzaza sah das, stürzte auf mich zu und entriß mir schimpfend das Heft. Er wollte es meinen Eltern schicken und tat es dann auch. Gemeinerweise nicht das ganze Heft, sondern nur die erste Seite. Darauf war ein schwarzer Reiter abgebildet. Als die Post kam, war Mutti gerade dabei, die Küche zu kehren. Sie öffnete, fand die Seite des Western-Hefts, las den Brief mit dem anklagenden Inhalt und kriegte einen Wutanfall. Sie tobte und schrie, was bei ihr selten ist, und jagte mich mit dem Besen in der Hand mehrmals um den Küchentisch. - Seitdem habe ich in der Schule den Spitznamen Tom Mix oder einfach Tom, und meine Schularbeiten stehen zu Hause unter verschärfter Beobachtung.

Dienstag, 6. März
Im vergangenen Monat ist eine Kältewelle eingebrochen, deswegen habe ich schon lange nichts mehr geschrieben. Wir hatten Temperaturen bis zu 23 Grad minus. In meinem Zimmer einen Ofen aufzustellen wäre zuviel Aufwand, ginge wahrscheinlich gar nicht. Außerdem hat sich nicht besonders viel ereignet. Letzte Woche war ich vier Tage krank. Heute hat Vati Geburtstag. Wir haben schulfrei, weil die Aufnahmeprüfungen stattfinden.

Damals, als ich das erste Buch der China-Trilogie von Daniele Varè las, verglich ich die kleine Kuniang mit Heidi, die mir in ihrer Munterkeit ebenso liebenswürdig erschien wie die Figur des Buches, das ich zu den besten zähle, die ich je gelesen habe. Es ist schon lange her, daß ich Heidi heimlich Kuniang nannte, es mag in der Zeit gewesen sein, als sie mir zum ersten Male auffiel. Inzwischen ist sie älter geworden und auch gerissener. Sie hat ihre Kindlichkeit verloren und ist trotz alledem vielleicht noch hübscher geworden. Ich komme deshalb auf diese Sache zu sprechen, weil ich eben beginne, das dritte Buch der Trilogie zu lesen. Es sind rororo-Taschenbücher mit sehr schönen Einband-Illustrationen und solchen wunderbaren Titeln, sie heißen „Der Tempel der kostbaren Weisheit", „Der Schneider der himmlischen Hosen" und „Das Tor der glücklichen Sperlinge".

Montag, 12. März

Vorgestern habe ich endlich einen Bücherschrank bekommen mit zwei Schiebetüren aus Glas. Er sieht wirklich prächtig aus, und ich kann mich nicht sattsehen an den Bänden, die da in Reih und Glied stehen: Goethe und Schiller sind vertreten, die Kriegsbücher von Vati, Erich Maria Remarque „Im Westen nichts Neues", das ich jetzt endlich auch lesen kann, „0815" von Kirst und geschichtliche Bücher über den Zweiten Weltkrieg. Außerdem: das Herder-Lexikon in vier Bänden, Brehms Tierleben, das ich zu Weihnachten bekam, Wilhelm Speyer, Jón Svensson und außerdem die Hauptmasse der rororo- und Fischer-Taschenbücher, die zwar nicht so schön aussehen, dafür aber billiger sind. Von einem Verlag habe ich Bücher von Puschkin, Oscar

Wilde, Theodor Fontane und Charles Dickens bestellt, die in Leinen gebunden nur 1,95 DM kosten, hoffentlich lohnt es sich.

Von Heidi ist nicht viel zu berichten, sie hatte in der Zwischenzeit mehrere Freunde, aber alle schon wieder abgenutzt. Mir ist das inzwischen egal. Auch Klaus hat die Nase voll von ihr. Jetzt weiß ich ihren Nachnamen und bringe ihn mit einem Goethe-Wort in Verbindung: „Es wandelt niemand ungestraft unter Palmen ..." Das werden noch viele merken müssen.

Meine neueste Bucherwerbung ist ein Taschenbuch aus dem Suhrkamp-Verlag, auf das ich ganz wild war. Die Anregung dazu kriegte ich durch ein Stück im Fernsehen, das sich Oper nannte, aber keine ist. Es handelt von einer organisierten Bettlerbande. Das hat mich verwirrt und gleichzeitig fasziniert. „Erst kommt das Fressen, dann kommt die Moral", wie kann man sowas sagen oder singen? Oder: „Der Mensch lebt nur von Missetat allein." Ich bin nicht sicher, ob ich das alles richtig verstanden habe. Jedenfalls mußte ich mir sofort in Gerolstein das Buch mit den Liedern oder Songs kaufen. Der Autor heißt Bertolt Brecht, die schmissige Musik ist von Kurt Weill, einem Komponisten, der von den Nazis wegen seiner jüdischen Herkunft ins Exil getrieben worden ist.

Samstag, 17. März

Gestern hatten wir keine Schule. Das Kollegium des St.-Matthias-Gymnasiums Gerolstein hat einen Lehrerausflug gemacht, der Hauptpunkt war Kegeln, und zwar in Dreis auf unserer Bundeskegelbahn. Ich verdiene mir dort mit dem Kegelaufstellen ab und zu ein paar Mark. Das ist ziemlich anstrengend und dauert etwa vier bis fünf Stunden ohne Pause. Pro Stunde gibt es 50 Pfennig. Natürlich war es Ehrensache, daß ich bei den Lehrern ebenfalls aufstelle. Es sollte diesmal ungefähr zwei Stunden dauern, danach wollten sie wieder aufbrechen. Zur Verstärkung holte ich mir Hermann. Herm liebt es, wie ein strahlender Held aufzutreten. Er weiß, daß er damit bei den Leuten Eindruck macht, nicht nur bei meiner Mutter, die ihn mir wegen seines aufrechten Ganges immer als Vorbild hinstellt.

Gestern erlebte er mit dieser Pose eine Beschämung, die ihn tief traf. Wir begrüßten also die Lehrer und einige Lehrerinnen, um dann nach vorn zu der Stelle zu gehen, wo die Kegel sind. Der Raum über der Bahn ist nicht besonders hoch, und ich ging, leicht gebückt, neben der Bahn, auf der die Kugel rollt. Plötzlich hörte ich einen furchtbaren Knall und einen länger anhaltenden surrenden Ton. Ich drehte mich um und sah, daß Herm der Länge nach auf die Bohlen der Rollbahn geschlagen war und sich mühsam aufrappelte. Er war wie immer kerzengerade losmarschiert, den Blick nach oben gerichtet, und hatte die niedrige

Drahtspirale übersehen, unter der am Anfang die Kugel durchgeschoben wird, damit sie nicht aus größerer Höhe auf das Parkett knallt und es beschädigt. Natürlich lachte das Kollegium über den Fall. Herm hatte sich ziemlich wehgetan, er war totenbleich und fing sich erst langsam, als das Kegeln begann. Schlimmer aber war für ihn die Schmach, die er empfand, weil man über ihn gelacht hatte.

Freitag, 23. März
Gestern morgen, etwa um halb sechs Uhr, erwachte ich vom eifrigen Getrappel vieler kleiner Füße. Langsam und möglichst leise tastete ich nach dem Lichtschalter (neu installiert!), und als es hell wurde, sah ich zwei Ratten auf die Tür zu fliehen. Eine dritte verkroch sich unter dem Wandgestell, wo die Kleider hängen, während die beiden ersteren durch den Türspalt verschwanden. Ich fuhr aus dem Bett, da sausten noch weitere nebst der aus dem Kleidergestell durch das Zimmer und strebten auf die Tür zu. Mit den Pantoffeln prügelte ich wie wild drauflos, aber im Nu waren alle entkommen. Nur in der leeren Apfelkiste schien noch eine zu sein. Ich stellte Koffer vor die Tür und verstopfte die Ritzen mit Papier, Pappe und Stoffresten. Dann lud ich das Luftgewehr, nahm einen Schuh in die linke Hand, stöberte das Vieh auf und jagte es durchs Zimmer. Dabei schoß ich aus Versehen eine Kugel ins Linoleum, bis ich schließlich mit dem Schuh einen

Treffer landete. Die Ratte lag da und zuckte, als wolle sie jeden Augenblick wieder aufspringen. Irgendwie hatte ich eine Hemmung, auf das liegende Tier zu schlagen, deshalb schoß ich ihr aus zwei Metern Entfernung eine Kugel in den Kopf. Das Tier bäumte sich hoch, drehte sich um 180 Grad und fiel mit zuckenden Gliedern nieder und war tot. Ich schnappte mir ein paar Seiten des „Trierischen Volksfreunds", wickelte sie ein und warf das ganze Paket in den Müll. Dieses Blatt ist hier die maßgebende Tageszeitung. Wenn wir uns über die Berichterstattung ärgern, nennen wir es „Trierischer Volksfeind".

Die Ratten sind eine wirkliche Plage, sie tanzen um mein Bett und sind schlau genug, weder Giftköder noch den Speck in der Falle anzurühren. Vorhin habe ich mir eine Katze geschnappt und sie oben auf dem Dachboden eingesperrt, von wo sie auch in die Vorhölle und in mein Zimmer kommt. Vielleicht wird es damit besser.

Montag, 26. März
In Daun Heidi gesehen. Sie trug ihren guten Mantel und hatte in der Hand einen eingewickelten Blumenstrauß. Wir haben uns kurz gegrüßt. Das war schon alles.

Die Osterferien könnten vielleicht noch recht interessant werden. Heute habe ich nämlich von Hannelore gehört, daß ihre Schwester zu Besuch kommt. Das ist das Mädchen, von dem Günter damals ein Bild haben wollte. Es war aber nicht besonders gut gelungen. Nach Möglichkeit werde ich ihm eine bessere Aufnahme schicken.

Dienstag, 27. März
Vati fuhr nach Gerolstein, um bei einer Zwangsversteigerung eine Schreibmaschine zu erwerben. Leider hat es nicht geklappt, die Maschine kam gar nicht zur Versteigerung, da der Schuldner inzwischen eine weitere Rate bezahlt hatte. Von dem Besuch aus Düsseldorf habe ich noch nichts Näheres erfahren, denn vormittags hatte ich keine Zeit aufzupassen. Morgen vielleicht weiß ich, ob Doris angekommen ist.

Mittwoch, 28. März
„Sie ist's!", juble ich. Als ich heute mittag die schändliche Arbeit des Abtrocknens ausführen mußte, hörte ich ihre Stimme im Hausflur, wo sie Mutti begrüßte. „Doris ist aber hübsch geworden!", sagte Mutti, als sie wieder in die Stube kam. Das habe ich inzwischen auch festgestellt, vor ihr

verblaßt sogar Heidi, derentwegen ich mir übrigens keine Kopfschmerzen mache, da sie sowieso viele Verehrer hat. Eigentlich ist Doris das genaue Gegenteil von Heidi, die gerissen und kaltblütig erscheint, während Doris scheu und zerbrechlich ist, ich vergleiche sie mit einer Antilope. (Das ist vielleicht Quatsch, aber ich empfinde es so!) Wahrscheinlich ist es gut, daß es mit Heidi sozusagen aufgehört hat - oder doch von mir nicht mehr so ernst genommen wird, denn das ist mir langsam zu viel. Damals, nach dem Ende der großen Ferien, die bei Doris eine Woche länger dauerten, war es so: vormittags im Triebwagen sah ich Heidi, nachmittags und beim Fernsehen Doris. So etwas Ähnliches macht Heinz zur Zeit ebenfalls. Mir liegt das eigentlich nicht, und wenn ich es einmal tue, so zwar nicht grade unter Gewissensqualen, aber angenehm ist es nicht. Natürlich kann ich den morgigen Tag kaum abwarten, an dem ich Doris wiedersehen werde. Hoffentlich!!!

Donnerstag, 29. März
Heute habe ich Doris nicht einmal gesehen, weder tagsüber noch abends. Morgen werde ich mit noch zwei anderen Jungen im Auftrag des Bürgermeisters von Haus zu Haus gehen und für die Jugendherbergen sammeln. Außerdem muß ich mit unserem Spezialwerkzeug von Vorwerk in der Veranda den Boden bohnern.

Freitag, 30. März

Heute am Karfreitag hatte ich also die keineswegs beneidenswerte Aufgabe, an den Haustüren zu klingeln oder zu klopfen und mich schief ansehen zu lassen. Denn Leute, die von anderen Leuten Geld haben wollen, sind nicht besonders beliebt. Zum Glück waren wir zu dritt.

Nachmittags in der Kirche zur Karfreitagsliturgie. Das dauert immer furchtbar lange, mindestens zwei Stunden, und ist mit einer Art Gymnastik verbunden, weil man abwechselnd immer knien und aufstehen muß. Doris war gleichfalls da, saß in der linken Kirchenseite bei den Frauen. Danach passierte was Blödes. Als ich anschließend mit Heinz vor der Kirchentür stand, kam ein anderes Mädchen aus dem Dorf hinzu, offensichtlich, um mit uns nach Hause zu gehen. Ich hatte Mattscheibe und mir fiel keine Ausrede ein, um sie abzuwimmeln, auch wollte ich Heinz nicht im Stich lassen. Auf halbem Wege überholten uns Irmgard und Doris. Sie blickte starr geradeaus und machte den Eindruck, als sei sie böse. Das wäre möglich, und so habe ich mir durch eigene Blödheit wieder was verdorben.

Jetzt sitze ich in meinem Zimmer und schreibe. Wer weiß, ob ich Doris heute noch mal sehe! Und morgen? Diese Gedankengänge passen ja nicht gerade zu Karfreitag, an dem der Tod von Jesus begangen wird, aber mein Gewissen entschuldigt sich damit, daß die Osterferien kurz sind und

Doris bald wieder nach Düsseldorf zurückfahren wird.

Samstag, 31. März
Sehr viel zu tun gehabt mit Vorbereitungen für die Ostertage. Doris nur flüchtig gesehen.

Ostersonntag, 1. April
Nach der Frühmesse stand ich am Fenster der Veranda, um vielleicht Doris zu sehen. Sie kam tatsächlich, und als sie vorbeiging, winkte sie mit einem Blumenstrauß in ihrer Hand. Ich war verblüfft und elektrisiert über das Herausgehen aus ihrer sonstigen Zurückhaltung und winkte zurück - oder vielmehr zu ihr hin. Denn erst, als ich ihr plötzliches Erschrecken gewahrte, merkte ich, daß sie wahrscheinlich Irmgard gemeint hatte, die einen Stock über mir aus dem Fenster schaute. Ich freute mich über das Mißverständnis.

Am Spätnachmittag kam sie zum Fernsehen. Wir sahen die Oper „Cavalleria rusticana", von der ich aber wenig mitbekommen habe, weil ich zwischendurch Sachen erledigen mußte, telephonieren usw. und eigentlich wenig Interesse für die Oper aufbrachte. Doris mochte mich wohl verstohlen betrachten, aber immer, wenn ich hinsah, ging ihr Blick woanders hin. Sie war so scheu, so verlegen, noch mehr, als ich es gewöhnlich bin. Erst als das Fernsehen zu Ende war, und wir mit Irmgard vor dem Klavier standen, wechselten wir ein paar Worte.

Abends saßen wir wieder beim Fernsehen, das zwar ein kitschiges Programm zeigte, dennoch war es wundervoll, prima und was weiß ich noch alles. Doris war nicht mehr so scheu, das Eis gebrochen, wir sahen uns an, nickten uns zu und lachten miteinander über das blöde Programm. Nach Schluß der Sendezeit wollte sie nicht durch das Lokal gehen, deswegen holte ich den Schlüssel zur Außentür der Veranda und begleitete sie nach draußen. Sie bedankte sich und wünschte mir Gute Nacht. Und das klingt mir immer noch in den Ohren...

Montag, 2. April
Enttäuscht, weil ich sie den ganzen Tag nicht gesehen habe. - Eben klappte ich mißmutig das Tagebuch zu, als ein Steinchen an meine Fensterscheibe flog. Ich öffnete das Fenster und hörte unter mir Gekicher und sah Irmgard. Nach einer Weile stieg Doris aus dem Fenster auf das Dach der Veranda. Wir unterhielten uns ein wenig, zwischendurch spielte sie auf der Mundharmonika. Plötzlich kamen Irmgards Eltern unten in die Stube, sie waren wohl im Lokal gewesen. Doris verschwand, steckte aber ihr Köpfchen noch einmal aus dem Fenster und sagte mir Aufwiedersehn. Später sah ich Doris und ihre Schwester noch unten auf der Straße. Hannelore blickte zu mir herauf und fragte lachend, warum ich noch nicht schliefe. Doris blinkte mit einer Taschen-

lampe. Es war eine mit Farbeinstellung, und sie blinkte in Rot!

Dienstag, 3. April
Nachmittags waren wir wieder zusammen in der Veranda und haben versucht, auf dem Klavier zu spielen. Es war aber eine Pleite, denn wir haben nichts zustande gebracht. Als ich gegen Abend in mein Zimmer ging, traf ich Doris und Irmgard in der Rumpelkammer davor und bat sie, zu mir hereinzukommen und sich mal meine Bude anzusehen.

Mittwoch, 4. April
Jetzt habe ich ein Rezept gefunden, wie man Enttäuschungen vermeidet: Man macht sich eben keine großen Hoffnungen, dann ist man von jeder Kleinigkeit beglückt! Der Fernseher war gestern und heute nicht in Ordnung, aber als ich es jetzt abends probierte, hatten wir ein gutes Bild. Da bin ich noch mal schnell rauf zu Hannelore, um es ihr zu sagen (sie hatte mich kurz vorher danach gefragt); als ich wieder aus dem Haus kam, stand Doris an der Tür, strahlte mich an und sagte „Guten Abend, Peter!"

Donnerstag, 5. April
Doris hat mich und Irmgard in ihr Skizzenbuch gezeichnet, und ich bin wirklich überrascht, wie gut ihr das gelungen ist. Abends waren wir wieder beim Fernsehen; es war recht gemütlich.

Seit Doris hier ist, gibt es jeden Tag Überraschungen. Heute geschahen sie abends, als ich mit dem Tag bereits abgeschlossen hatte. Eben komme ich herauf, als ich in der Vorhölle ein sonderbares Ticken vernehme. Ich schalte das Licht an und versuche es aufzuspüren, aber ich finde nichts. Schließlich fällt mein Blick auf ein Säckchen, das an dem Schubladengriff eines alten Katheders hängt. Ich ziehe die Schnur auf, und schon sehe ich alles: Ein Teller liegt waagerecht darin, darauf ein Wecker, der liebenswürdigerweise auf zwei Uhr gestellt ist. Da ich weiß, daß Doris noch unten bei Irmgard ist, drehe ich die Zeiger weiter bis zwei Uhr. Der Wecker schrillt. Sofort wird unten die Tür aufgerissen, und schon stehen die beiden Missetäterinnen vor mir. Ich sage, es täte mir leid, daß die Störung meiner Nachtruhe fehlgeschlagen sei. Auch schliefe ich immer fest und wäre sowieso nicht aufgewacht.

Bei dieser Gelegenheit habe ich ihnen mein Eltern-Warn-Gerät vorgeführt. Wenn jemand die Tür zum Dachboden öffnet, dann wird ein Kontakt hergestellt, und bei mir leuchtet ein Taschenlampenbirnchen auf, so daß ich rechtzeitig alles Licht ausmachen kann. Das fanden sie gut.

Wahrscheinlich denken sie sich jetzt etwas Neues aus, und morgen empfängt mich womöglich eine kalte Dusche, wenn ich schlafen gehen will.

Freitag, 6. April

Vati war heute krank, deswegen mußte ich ihn tagsüber vertreten. - Doris kam am Nachmittag und ging mit Irmgard gleich in den Saal, wo sie gemeinsam das Klavier malträtierten. Dann kamen sie ins Lokal. Es war nur eine Vertreterin für Spirituosen da. So hatte ich Zeit, ihnen das Schachspielen beizubringen. Bilde ich mir wenigstens ein.

Am Abend kam im Fernsehen eine Sendung aus dem Zirkus. Kurz vor Schluß verschwanden die Mädels, und ich wußte, daß sie wieder etwas gegen mich im Schilde führten. Als ich nachher ins Zimmer ging, um meinen Fotoapparat zu holen, blieb meine Hand an der mit Sirup beschmierten Türklinke der Vorhölle kleben. Mein Gegenschlag, sie durch ein schrilles Klingeln zu erschrecken, wenn sie die Tür zu meiner Bude aufdrücken sollten, ging leider ins Leere, weil sie weder an diesem noch am nächsten Abend einen weiteren Anschlag versuchten.

Samstag, 7. April

Ich dachte schon, daß das Geschäft für heute vorbei sei, da kamen die Maurer aus Brück. Sie betranken sich alle stark, grölten, brüllten herum, zerschlugen Gläser und machten überhaupt einen Lärm, daß das ganze Haus erzitterte. An Fernsehen im Saal nebenan war natürlich gar nicht zu denken. Hannelore blieb unten bei Bekannten, während Doris sich nach oben zu Irmgard verzog.

Als sie wieder herunterkam, versuchte ich eine Blitzaufnahme, die aber wahrscheinlich nichts geworden ist. Mit Hannelores Hilfe, die etwas für mich tun wollte, gelang mir dann eine wahrscheinlich ganz gute Aufnahme von beiden vor der Haustür.

Montag, 9. April
Doris fährt heute nachmittag weg, und ich soll ungefähr zu derselben Zeit acht Zentner Briketts abholen. Das paßte mir natürlich gar nicht, und so war ich den ganzen Morgen niedergeschlagen und bedrückt, weil ich keine Möglichkeit sah, mich von ihr zu verabschieden. Um 11:30 Uhr kam unser Nachbar, mit dem ich die Briketts holen sollte, mit seinem Lanz-Bulldog. Da sind wir gleich losgefahren. Dreivierteleins waren wir wieder da, um halb zwei waren die Briketts im Keller, und als Hannelore um zwei Uhr mit Doris herunterkam, hatte ich mich gewaschen und war umgezogen. Doris gab mir die Hand. Hannelore stöhnte, wie schwer der Koffer sei. Ich erbot mich, ein Stück mitzugehen. Dann zogen wir los, vorneweg Hannelore und ich, dahinter Irmgard und Doris. In Dockweiler auf dem Bahnhof konnte ich mich noch nicht trennen, und so fuhr ich mit nach Gerolstein. Hannelore stieg ebenfalls in den Zug, weil sie bei ihren Eltern Ferien machen wollte. Doris versprach, zu den großen Ferien wiederzukommen. Der Schaffner pfiff, wir winkten einander zu, - und dann war der Zug weg.

Dienstag, 10. April
Die Schule hat wieder angefangen. Heute abend beim Kursus des Roten Kreuzes haben wir im Rahmen einer realistischen Unfalldarstellung einen „Verletzten" blutig zurechtgeschminkt und sind mit ihm ins Nachbardorf nach Oberehe gefahren, wo ebenfalls ein Kursus gehalten wird. Das Auto hielt mit kreischenden Bremsen vor dem hell erleuchteten Schulgebäude. Wir lärmten, Türen wurden geschlagen, einer stürzte ins Klassenzimmer und berichtete von einem Unfall. Alle rannten hinaus: Vor den Rädern des Autos lag eine Gestalt, leblos. Eine Kerze wurde gebracht, man starrte in das leichenfahle, blutverschmierte Gesicht des „Verletzten". Wir, die wir uns versteckt gehalten hatten, kamen ebenfalls herbeigestürzt. Lamentierten, schrien durcheinander und schufen noch mehr Verwirrung. Niemand rührte sich, dem angeblich Verletzten zu helfen, schließlich brachte man doch eine Trage herbei, ein Uneingeweihter aus Oberehe und ich trugen ihn darauf ins Haus, wo es noch eine Weile weiterging, bis man begriff, daß alles nur Theater war.

Mittwoch, 11. April
Die Schule läuft schon auf vollen Touren. Da ich es satt hatte, weiterhin in der letzten Bank zu sitzen, habe ich mich diesmal in die erste Bank der Reihe neben der Tür gesetzt. Dadurch bin ich zu einem Ehrenamt gekommen, an das ich bei der Wahl

meines Platzes nicht gedacht hatte: Ich bin Türsteher, muß die Tür auf- und zumachen, wenn der Lehrer kommt.

Als ich im Fotoladen die Bilder abholte, zeigte der Fotografengehilfe auf Doris und erkundigte sich, ob das meine Schwester sei. Von den vier Bildern sind drei was geworden, das vierte ist verwischt, es ist das, was ich zuallererst mit Blitz machte.

Donnerstag, 12. April

An der Bahnstrecke wird gebaut, deswegen können wir für einige Zeit mittags immer nur mit dem Bus fahren. Zwar hat man da nicht so weit zu laufen, denn die Bushaltestelle ist näher an Dockweiler, während der Bahnhof etwas außerhalb liegt. Andererseits fahre ich ungern mit dem Bus, weil er immer voll ist und mir dabei leicht schlecht wird. Vorgestern hat es einen Zwischenfall gegeben, der mich ziemlich mitgenommen hat und mir das Busfahren noch mehr verleidet hat.

Hinten sitzen immer die großen Jungs und beanspruchen alle Plätze für sich allein, auch die nicht besetzten. Ich wollte es jetzt mal wissen und ging nach hinten. „Da ist ein Platz frei", sagte ich, „ich möchte mich da hinsetzen." „Du nicht", antwortete einer der großen Jungs. Das war eine schöne Abfuhr und eine Blamage für mich. Ich stand unschlüssig im Gang und überlegte, was ich tun sollte. Sie saßen da und grinsten mich an. „Is nichts mit Sitzen", sagte der in der Mitte hämisch, ein großer Junge mit fleischigem Gesicht, vielleicht zwei Jahre älter als ich. Da stand ich nun und versuchte, die Stöße und Bewegungen des fahrenden Busses auszubalancieren. Und die saßen da, hatten Platz genug und wollten mich nicht sitzen lassen. Wegen dieser Ungerechtigkeit packte mich plötzlich eine wahnsinnige Wut. Ich trat einen Schritt vor und haute dem in der Mitte meine geballte Faust ins fleischige Gesicht. Der Angriff kam so überraschend, daß keiner reagierte, nur der Getroffene. Sein Kopf flog nach hinten und knallte gegen die Rücklehne. Alle waren wie erstarrt. Wahrscheinlich hätte ich mich jetzt setzen können, aber ich tat es nicht, sondern blieb einfach stehen, am ganzen Leib zitternd.

Einige Augenblicke später hielt der Bus auch schon. Mein Widersacher, der aus Dockweiler stammt, und ich stiegen aus und fingen an, aufeinander einzuprügeln. Gleichzeitig setzten wir unseren Nachhauseweg fort. Als wir an Häusern vorbeikamen, entriß er mir meinen Schulranzen und warf ihn über den Zaun in einen Garten. Ich verlangte, er solle ihn wieder holen, aber er lachte nur höhnisch. Man konnte auch nicht so ohne weiteres über den Zaun steigen, denn der war ziemlich hoch. Wir setzten also den Weg fort, zwischendurch Schläge austauschend, und ich drohte, ihn bei seinen Eltern zu verklagen. Ich hatte die Idee, Schadenersatz von seinen Eltern zu verlangen, und sagte das zu ihm. Als wir uns seinem Haus näherten, rannte er plötzlich vor, schlüpfte ins Haus und schloß die Tür von innen zu. Ich stand draußen und trommelte mit den Fäusten gegen die Tür. Sie hatte in der Mitte ein kleines viereckiges, auf der Spitze stehendes Glasfenster. Unter meinen wütenden Schlägen zerbrach es, und die Splitter schnitten mir so in die Hand, daß sie heftig blutete. Darauf beschloß ich, bei meinen Eltern Hilfe zu suchen und ging nach Hause.

Als ich dort ankam, blutend und ohne Schulranzen, hatten meine Eltern schon einen Anruf bekommen wegen der kaputten Scheibe. Meinen Ranzen haben wir dann wiedergeholt. Wir mußten bei den Leuten, denen der Garten gehört, klingeln und um Herausgabe bitten. Wie die Sache ausgehen wird, bleibt abzuwarten.

Freitag, 13. April
Nicht weit vom Dorfe wurde heute früh ein Mann in seinem Volkswagen tot aufgefunden. Möglicherweise hat er Selbstmord begangen. Vom Auspuff führte ein Schlauch ins Innere des Wagens, dessen Motor über Nacht gelaufen war. Es kann aber vielleicht sein, daß es Mord war, denn ich kann mir nicht gut vorstellen, daß ein Mann so einfach erstickt, wo er doch nur die Wagentür aufzumachen brauchte.

Gestern kam ein Brief aus Münster. Günter schrieb mir und fragte an, ob ich nicht Lust hätte, in den Ferien mit ihm an die Nordsee zu trampen.

Samstag, 14. April

Die Geschichte mit der Prügelei im Bus und meinem Ausfall gegen einen Größeren und Stärkeren hat sich in der Klasse schon herumgesprochen. Mein Ansehen dort ist daraufhin sehr gestiegen.

Hannelore ist zurück. Gestern habe ich sie getroffen und ihr gleich Abzüge von den drei Bildern gegeben. Sie bestellte mir einen schönen Gruß von Doris, gab mir ein kleines Foto von ihr, außerdem die Zeichnung, die sie von mir gemacht hat. Sie ist etwas idealisiert. Ich bin noch unschlüssig, ob ich sie in meinem Zimmer aufhängen soll. Mutti kommt jeden Tag herein und würde sich vielleicht darüber lustig machen oder behaupten, das Bild wäre mir nicht ähnlich.

Mittwoch, 18. April

Zu unseren Stammgästen gehört ein pensionierter Gleisarbeiter, uralt, ungefähr 70 Jahre. Er ist das, was man einen Quartalssäufer nennt. Er heißt Anton Wellendorn. Er trinkt etwa drei bis vier Tage hintereinander und hält sich dann tagsüber die meiste Zeit bei uns auf. Zwischendurch legt er den Kopf auf einen der weißen Holztische, die Mutti jeden Morgen scheuert, und schläft sich aus. In unregelmäßigen Abständen wacht er auf, hebt den Kopf, blickt wild um sich und schreit: „Scheiß, preis Brandenburg, scheißt der Welt ins Angesicht", legt den Kopf wieder auf den Tisch und schläft weiter.

Wir waren ganz schön erschrocken, als wir das zum ersten Mal erlebten. Andere ebenso. Ich schreibe den Satz nach dem Hören. Es ist unklar, ob es sich bei ‚scheiß' und ‚preis' um Verben oder Substantive handelt, ob hier beschrieben wird, was ‚Brandenburg' tatsächlich tut, oder ob es sich um eine Aufforderung handelt, was es tun sollte. Merkwürdigerweise hat bisher noch niemand versucht, ihn nach dem Sinn seines Ausspruchs zu fragen. Möglich auch, daß er sich nüchtern an gar nichts erinnern kann.

Jedenfalls hat der Satz einen guten Rhythmus und wird laut und kräftig vorgetragen. Danach sinkt der kahle Schädel des Mannes auf die Tischplatte zurück und hinterläßt später einen Fleck von Lülle, den Mutti am nächsten Morgen mit großem Widerwillen und Ekel von dem weißen Holztisch wegscheuern muß. Wir haben uns inzwischen an diese Brandenburg-Beschimpfung gewöhnt. Es gibt einen Spottvers über den Mann, der lautet: „Da schuf der Herr in seinem Zorn / den Herrn Anton Wellendorn."

Eines Tages aber wurde unvermutet die Sache sehr kompliziert. Wir haben nämlich einen neuen Dorfpolizisten bekommen, der aus Brandenburg stammt. Ein großer, etwas korpulenter Mann, dem die Uniform über der breiten Brust spannt. Der hatte sich als ganz gemütlich und leutselig eingeführt und war wohl darauf aus, ein gutes Verhältnis mit der Dorfbevölkerung zu pflegen. Niemand hatte ihn aufgeklärt oder gewarnt, und so kam es, daß er sich eines Tages dem erwachenden Anton gegenübersah, der lauthals seinen Spruch schmetterte. Da er Anton nicht kannte, dachte der Polizist, man wolle ihn persönlich beleidigen. Er ging auf Anton zu und packte den Betrunkenen am Kragen. Dessen Sohn Franz, ein kleiner, drahtiger Mann, ebenfalls Gleisarbeiter und auch betrunken, ging nun auf den Polizisten los. Es entstand eine heftige Prügelei, und die Uniform des Polizisten nahm starken Schaden. Der Sohn, ein geübter und gefürchteter Schläger, krallte sich in die Taschen der Uniformjacke und riß sie herunter, so daß sie als baumelnde Stofflappen von der Jacke herunterhingen.

Franz gilt als gefährlich, besonders, wenn er getrunken hat. Es geht das Gerücht, er habe schon mal einen erschlagen. Genaueres darüber weiß man allerdings nicht. Mir hat er auch schon mal ein blaues Auge verpaßt, und das ging so: Bei irgendeiner Auseinandersetzung mit Mutti wurde er böse und drohte, sie zu schlagen. Sie floh aus dem Lokal über den Flur in die Küche, er kam hinter ihr her. Ich war gerade in der Küche. Weil er so schnell da war, gelang es uns nicht, die Küchentür abzuschließen. Er drückte von außen, wir stemmten uns von innen dagegen, konnten aber nicht verhindern, daß sie bei jedem neuen Stoß immer einige Zentimeter weiter aufging.

Als wir es nicht mehr schafften, die Tür zuzuhalten, flüchtete Mutti ins Schlafzimmer nebenan. Franz hat trotz seiner geringen Körpergröße tatsächlich Bärenkräfte, er faßte die Tür von unten, hob sie aus den Angeln und warf sie über mich hinweg. Fast gleichzeitig schlug er mit der Faust nach vorn zu meinem Kopf und traf mein linkes Auge. Mutti merkte, daß der Angreifer in die Küche vorgedrungen war und sprang aus dem ebenerdigen Schlafzimmerfenster ins Freie vor das Haus. Inzwischen kamen einige Leute aus dem Lokal, die den Wütenden bändigten.

Freitag, 20. April
Gestern haben wir einen neuen Versuch gemacht, eine Schreibmaschine zu bekommen. Ich sollte sie in Gerolstein ersteigern, leider hat es wieder nicht geklappt. Mir zum Trost sind heute zwei Bände der Goethe-Ausgabe angekommen. An Lesestoff mangelt es mir also durchaus nicht. Ich habe nur sehr wenig Zeit. Morgen ist überhaupt - obwohl es Samstag ist - ein unguter Tag. Mathe, Französisch und Latein sind unter den morgigen sechs Stunden. Heute ist es, wie immer an Freitagen, spät geworden, weil ich die Tip-Zettel wegbringen mußte. Vati hat nämlich vor einiger Zeit eine Toto- und Lotto-Annahmestelle eröffnet. Meine Eltern tun wirklich alles, um den Umsatz anzukurbeln. Die Tip-Zettel gehen nach Daun.

Samstag, 21. April
Augenblicklich kämpfe ich darum, daß meine Bude tapeziert wird. Das, was ich damals selber gemalt habe, sieht schauderhaft aus und gefällt mir schon lange nicht mehr. Wahrscheinlich könnte ich es sogar selbst machen, wenn ich Tapete hätte. Die Frage ist nur, ob sie an den buckeligen Wänden überhaupt hält.

Montag, 23. April
Der erste Teil des Volksbegehrens hat stattgefunden. Man soll darüber abstimmen, ob das Land Rheinland-Pfalz aufgelöst wird und wir zu Nordrhein-Westfalen kommen. Mir würde das gefallen.

Dann brauchten wir - soviel ich weiß - kein Schulgeld mehr zu bezahlen. Ein Grund mehr, bis zum Abitur zur Schule zu gehen, denn 20 Mark im Monat sind ein ganz schönes Geld für meine Eltern. Außerdem hätte ich mit Günter und Doris gemeinsam Ferien.

Ganz froh bin ich, daß wir endlich einen Turnlehrer haben, der uns auf Schwung bringt. Wenn wir so im Turnzeug in Reih und Glied stehen, kann man die Internatsschüler auf den ersten Blick von den anderen unterscheiden. Und das nicht wegen eines andersfarbigen Trikots, sondern auf Grund ihrer „Internatsbeine", wie wir das nennen. Die Internatler müssen nämlich viel beten, und zwar auf Knien, deswegen haben sie unterhalb der Kniescheibe eine plattgedrückte Stelle, die sich in Richtung Hornhaut entwickelt.

Dienstag, 24. April

Onkel Walter aus Bayreuth hat geschrieben und sich nach meinen Plänen erkundigt. Das hat Mutti zum Anlaß genommen, mir zu sagen, ich solle mir endlich klar darüber werden, was ich einmal beruflich machen wolle. Das ist so eine blöde Frage. Bis vor kurzem war alles klar: Mit der Mittleren Reife wollte ich abgehen und Radiotechniker werden. Günter hat auf mich eingeredet, ich solle Abitur machen, was ich schließlich tun wollte. Aber was dann? Weiter technische Dinge betreiben? Genau besehen habe ich im Augenblick zu gar nichts Lust, auch nicht, weiter auf die Schule zu gehen. Oder vielleicht doch? Schriftsteller möchte ich werden, aber das ist Quatsch, und ich darf es niemandem sagen, obwohl ich mir einbilde, auf diesem Gebiet vielleicht etwas leisten zu können. Jedenfalls liegt meine Zukunft oder vielmehr mein Berufsentschluß noch sehr im Dunkeln.

Mittwoch, 25. April

Habe das Gefühl, daß meine Zeit immer knapper wird. Aus der Schule kommen, essen, einiges in Haus und Keller machen, einkaufen, Schularbeiten erledigen, mitunter wird es darüber 7 Uhr. Abends lese ich noch etwas im Schiller. Momentan habe ich so viel zu lesen, daß ich fast nicht nachkomme. Goethe muß erst mal warten, aber Puschkin „Der Postmeister" und Fontane „Effi Briest" sind jetzt dran, dann Irving Stone, Wilhelm Speyer, Schenzinger, Readers Digest, „Minna von Barnhelm". Außerdem noch „Hermann und Dorothea", was wir jetzt in Deutsch lesen und das ich bis Ende der Woche durchgearbeitet haben muß.

Donnerstag, 26. April

Hannelore war bei uns zum Telefonieren und hat mit Düsseldorf gesprochen. Sie sagte uns, daß Paul eventuell dort eine feste Stelle als Fernfahrer kriegen könnte. Eben deswegen sprach sie mit ihren Eltern. Wenn Paul fest angestellt wird, ziehen sie nach Düsseldorf. Zuerst habe ich es gar nicht begreifen können. Aber es ist wirklich so. Und Doris ... in den Ferien ..., was soll werden? Es bleibt mir nur noch der Trost, daß sie vielleicht nach Dreis zu Besuch kommen werden, denn Pauls Mutter und Schwester bleiben ja hier. Niederschmetternde Nachrichten kommen immer, wenn man völlig ahnungslos ist, und überfallen einen hinterhältig mit ihren K.o.-Schlägen. Immer, wenn man sich sicher fühlt, wird man unsanft auf das Gegenteil verwiesen. Die Schule, die mir sowieso keinen Spaß mehr macht, wird mir noch mehr ein Greuel sein, und die Tage werden grau und eintönig, wenn ich keinen Besuch erwarten kann. Vielleicht lerne ich daraus Gelassenheit.

Freitag, 27. April

„Die Hannelore zieht jetzt nach Düsseldorf", sagte Mutti beim Kaffeetrinken zu mir. „Wann denn?", fragte ich. „Ich denke, nächste Woche. Dann wird die Doris auch nicht mehr zu den Ferien hierherkommen." Ich bin nicht sicher, ob sie das nicht mit einer gewissen inneren Befriedigung gesagt hat. „So schlimm wird es ja wohl nicht werden", entgegnete ich, „dann kommen sie eben alle beide wieder nach Dreis." „Das glaubst du so, wenn der Paul Arbeit hat, kann sie ihn doch nicht allein lassen."

Das stimmt allerdings, wenn ich mir das jetzt auch nicht eingestehen will. Wenn Paul jetzt grade anfängt zu arbeiten, ist es unmöglich, daß er im August seinen ersten Urlaub bekommt.

Samstag, 28. April

Heute bin ich schon um halb fünf aufgestanden, da ich die Tip-Zettel gestern nicht mehr zur Bahn nach Dockweiler bringen konnte. Wollte Hannelore fragen, wann denn der Umzug vonstatten ginge, bin aber nicht dazu gekommen.

Sonntag, 29. April

Der Dreiser Musikverein hat heute bei uns geprobt. Seine Darbietungen übertrafen alles, was ich bisher an Lautstärke erlebt habe. Einmal stand ich nur wenige Meter von dem Trommler entfernt. Jedesmal, wenn dieser einen weit ausgeholten Schlag auf das Kalbfell pflanzte, gab es mir einen Stoß in den Magen oder das Zwerchfell oder wohin auch immer. Als nachher im Saal gespielt wurde, hörte das Verbindungsfenster zwischen Lokal und Saal gar nicht auf zu klirren. - Habe angefangen „Don Carlos" zu lesen. Mitreißende Sprache, besonders toll, wenn man laut liest.

Montag, 30. April
Bevor Hannelore weggeht, will ich ihr noch ein paar Bilder von mir für Doris zustecken. Sie kam mir heute auf halbem Wege entgegen, bildlich gesehen, denn sie bat mich, noch ein Abschiedsfoto zu machen. Es sind dann vier geworden. Mutti, Vati und Bekannte von Hannelore sind ebenfalls mit drauf. Ich natürlich auch; ich knipste mit Selbstauslöser und Blitz. Der Umzug soll am Freitag sein.

Dienstag, 1. Mai
Große Überraschung: Hannelore teilt mir mit, daß sie nicht umziehen werden. Das ist eine Wolke!!! Zweite Überraschung: Herm ist heute aus Koblenz zu Besuch gekommen, wo er neuerdings in einem Kaufhaus arbeitet.

Mittwoch, 2. Mai
Heidi - um sie wieder mal zu erwähnen - hat mich heute im Triebwagen angesprochen. Sie sagte, daß sie mich in Daun gesehen habe. Vielleicht stimmt es sogar. Ich hatte keine Lust, die Unterhaltung mit ihr fortzusetzen. Mag sie mich ruhig für einen Holzbock halten.

Donnerstag, 3. Mai
Lateinarbeit mit 3. Bin zufrieden. Wenn es nur so weiterginge. Die „Abschiedsbilder" sind fertig. Nun sind es keine mehr, gottseidank! - In nächster Zeit bekomme ich vielleicht ein Rad.

Samstag, 5. Mai
Der Kauf des Rades ist schon beinahe sicher. Zur Vorbereitung habe ich zwei Kataloge bestellt. - Günter schreibt, daß er in den Ferien per Anhalter nach Frankfurt fahren will. Es wird schwer, unsere beiderseitigen Interessen in den großen Ferien unterzubringen.

Sonntag, 6. Mai
Der Preis-Skat, den wir veranstaltet haben, war eine große Pleite. Achtzig Spieler hatten wir erwartet, zwanzig sind gekommen.

Paul erzählte, wie Doris sich gefreut hat, daß Hannelore nicht wegzieht. Er sagte weiter, Doris sei schon „am Rüsten", um an Pfingsten herzukommen. Ich weiß nicht ganz genau, was man

diesem Ausdruck entnehmen kann, jedenfalls hat
es mich sehr gefreut.

Montag, 7. Mai
In den letzten Tagen ist das Wetter geradezu vollkommen. Fräulein Sperber hielt die Englisch-
stunde lässig mit Sonnenbrille, obwohl kein blen-
dender Sonnenstrahl ins Klassenzimmer fiel. Hermann ist heute früh wieder abgefahren. Er ging
schon mit zur Bahn nach Dockweiler, obwohl sein
Zug erst eine Stunde später fuhr. Bei dieser Gelegenheit habe ich ihm Heidi gezeigt.

Donnerstag, 10. Mai
Vatertag. Es war viel Betrieb. Über Mittag, während Vati aß, war ich hinter der Theke. Zwei Män-
ner, die mit dem Auto gekommen waren, ver-
langten Bier, Steinhäger, Schokolade und Zigar-
ren, eine Menge Zeug. Ich hatte Angst vor dem
Zusammenrechnen, weil ich etwas langsam bin
und glaube, daß ich mich blamiere, wenn es nicht
wie aus der Pistole geschossen kommt. Die Angst,
mein Gegenüber, das mich als intelligenter ein-
schätzt, zu enttäuschen. Ich habe eine Niederlage
geistiger Art erlebt. Eitelkeit.

Freitag, 11. Mai
Um das zu kaufende Rad hat es heute eine Auseinandersetzung gegeben. Meine Eltern wollen,
daß ich das gebrauchte Rad von unserem
Hauswirt, dem Schmied, nehme. Da habe ich für

170 Mark ein einfaches, altes Ding, während ich bei „Vaterland" in Bielefeld für diesen Preis ein farbiges Sportrad mit Schaltung und Beleuchtung bekomme. Ich habe nämlich noch mehr Kataloge bestellt und verglichen. Wenn das alte Rad gekauft wird, verlieren wir mindestens 50 Mark, und ich habe von vornherein keine Freude daran. Wenn ich kein „Vaterland" bekomme, dann gehe ich weiterhin zu Fuß!

Samstag, 12. Mai

Morgen ist Muttertag. Ich habe eine schlanke Keramikvase, gelb und mit braunen Längsstreifen, und eine Flasche Chianti im Bastkörbchen für Mutti. - Herm hat mir wie verabredet ein Federballspiel geschickt; in dem Kaufhaus, in dem er arbeitet, kostet es nur halb soviel wie in Gerolstein.

Hoffentlich kommt Doris an Pfingsten, denn Heidi gewinnt schon wieder Einfluß über mich. Ich wehre mich zwar dagegen, aber was hilft es? Es wäre Irrsinn, jetzt noch mal anzufangen, das sage ich mir immer wieder. In der Zwischenzeit hat sie sich schon mit wer weiß wie vielen abgegeben. Trotzdem bin ich lange nicht mehr so sicher wie nach Ostern.

Ich habe gewonnen: Es steht jetzt fest, daß ich ein Vaterland-Rad bekomme. Ein schöner Tag, trotz Regenwetter!

Sonntag, 13. Mai
Sängerfest in Dreis. Wir haben zusätzlich ein Zelt aufgebaut. Es war soviel zu tun, daß ich den ganzen Nachmittag und Abend helfen mußte. Etwa ein Dutzend Vereine waren da. In dem aus Hillesheim, der jetzt um Mitternacht gerade noch im Saal spielt, ist auch ein Klassenkamerad von mir.

Montag, 14. Mai
Vaterland-Rad bestellt! Farbe: Grün. Wunderbar!

Mittwoch, 16. Mai
Heute habe ich im Triebwagen neben Heidi gesessen, aber nur, weil dies weit und breit der einzige freie Platz war. Ich wollte locker sein, doch es klappte nicht so. Wenn ich etwas aufgeregt bin, schnappt meine Stimme manchmal über, und in den mitteltiefen Baß mischen sich dann solche Quietscher. Das passierte mir heute früh. Aber sonst habe ich schon Fortschritte gemacht und lasse mich nicht mehr so leicht beeinflussen.

Freitag, 18. Mai
Muttis Geburtstag. Endlich Ferien! Die ganze Schule hatte heute nur zwei Stunden. Heidi nutzte das und spazierte mit einem Knaben, der nicht mehr auf der Schule ist, durch den Flecken.

Samstag, 19. Mai
Was ich nicht wußte: Hannelore war mit ihrem Mann per Motorrad in Düsseldorf, bis heute. Doris

läßt mich vielmals grüßen und hat um ein Bild gebeten. Ich habe es Hannelore gleich mitgegeben. - Die Auftragsbestätigung für die Rad-Bestellung ist gekommen. Die Lieferung könnte unter Umständen bis zu zwei Wochen dauern.

Dienstag, 22. Mai
Den heutigen Tag haben Hermann, Heinz und ich „verwandert", und man kann sagen, daß es kein verlorener Tag war. Früh zogen wir los. Über Dockweiler, Hinterweiler auf den Ernstberg, wo wir Feuer machten und kochten. Wir krochen in den Höhlen herum und spielten Federball. Dann gingen wir über Steinborn, Neukirchen nach Daun an das Gemündener Maar. Am Abend nahmen wir den Bus und waren froh, wieder heil heimzukommen. Denn am Ernstberg wäre beinahe was schiefgegangen. Eine der Höhlen war nur durch einen Spalt zugänglich, den man bäuchlings durchkriechen mußte. Als ich etwa fünf oder sechs Meter eingedrungen war, bröckelten Steine ab und fielen mir auf Kopf und Hände. Zum Glück sind sie nicht aus großer Höhe gefallen, da der Gang so niedrig war. Den Daumen der rechten Hand habe ich mir aber dennoch gehörig gequetscht und beschunden.

Mittwoch, 23. Mai
Heute vor 19 Jahren haben Mutti und Vati geheiratet. Ich war in Daun und habe einen Reisepaß beantragt. Dort habe ich Heidi gesehen und sie

freundlich gegrüßt. Sie war aus irgendeinem Grund wütend und spinneböse, sagte auch etwas, von dem ich aber stark bezweifle, daß es „Guten Tag" hieß. Ihrem Gesichtsausdruck nach und ebenso nach ihrem Zischen wird es wohl „blöder Idiot" oder etwas Ähnliches gewesen sein. Mich hat es aber belustigt, sie so wütend zu sehen wie eine Wildkatze, und nachher war ich ganz gut gelaunt.

Freitag, 25. Mai
Das langersehnte Rad ist immer noch nicht da. -
Beim Fernsehen erlebten wir einen unerwarteten Schock. Es wurden Teile aus dem Dokumentarfilm „Nacht und Nebel" von Alain Resnais gezeigt, der von den Konzentrationslagern u. a. von Auschwitz handelt. Man sah Szenen mit Leichenbergen, die von Bulldozern in Gräben geschoben wurden. Jetzt wird auch den Letzten klar, was die Nazis angerichtet haben. Ein paar Leute, von denen man das gar nicht gedacht hätte, sind während des Films geschockt aus dem Lokal rausgestürzt, einige dann gleich nach dem Ende. - Der Film sollte eigentlich bei den Filmfestspielen in Cannes gezeigt werden, aber die deutsche Regierung hat dagegen Einspruch erhoben und gesagt, ein solcher Film könne zum Völkerhaß führen und eigne sich nicht für Festspiele. Ich werde jedenfalls diesen Film nicht so schnell vergessen können.

Samstag, 26. Mai

Heute wieder ein Mordsbetrieb, da im Fernsehen ein Fußballspiel war. Wir haben eine Klingel vom Lokal in die Küche, damit Vati Unterstützung herbeiklingeln kann. Wenn viel los ist, wird er nervös, klingelt wie verrückt und schnauzt herum. Im besten Falle ärgert ihn jeder Dreck, schlimmstenfalls bekommt er Wutausbrüche. Wir haben schon immer Angst, er könnte jeden Augenblick einen der Umstehenden backpfeifen. Mitunter vergißt er sich soweit, daß er plötzlich irgendeinen nichtsahnenden Gast anschreit.

Für diese Art von Ausbrüchen ist er schon beinahe bekannt, was natürlich nicht sehr günstig für das Geschäft ist. Am schlimmsten ist es, wenn Besoffene da sind, die gehörig Krach machen. Dann zieht er fortwährend ein Gesicht, als wäre er auf einem Begräbnis, was die Leutchen, angedudelt wie sie sind, noch mehr reizt. So spitzt sich die Lage zu, und er ist völlig überfordert.

Schon drei- oder viermal hat Vati für sich das Problem gelöst, indem er einfach weggelaufen ist. Mutti muß dann übernehmen, und sie tut das mit mehr Diplomatie: Sie zeigt mehr Anteil am Geschehen, lacht auch schon mal mit und weiß sich den Gästen besser anzupassen, was ihr freilich nie ganz gelingt. Wir unterscheiden uns da von den „fröhlichen Rheinländern". Denn es wird mir immer unverständlich bleiben, wie man sich in einer rauchigen Bude und unter tierischem Grölen und dem Klirren von splitternden Gläsern wohlfühlen kann. So ist es zwar nicht immer, aber eben manchmal. In seiner Wut redet Vati von den Gästen als „Verbrechern", und manchmal empfinde ich ebenso. Man muß sich alles gefallen lassen, Anpöbeleien, Schimpfen und sogar auch körperliche Angriffe, deswegen hasse ich manchen Besoffenen mit Inbrunst.

Eigentlich ist Vati optimistisch und zuversichtlich, vor allem, wenn es um etwas Neues geht. Er hat es auch fröhlich angenommen, als Kneipenpächter in einem winzigen Dorf zu leben und zu arbeiten. Das hätte er sich nicht träumen lassen. Er redet nicht darüber, aber ich kann mir vorstellen, daß er es doch als eine gewisse Schmach oder Demütigung empfindet. Vor dem Krieg war er Besitzer eines riesigen Hauses mit der renommierten „Gaststätte zum Landgericht" in Hirschberg im Riesengebirge. Das war damals eine Stadt mit ungefähr 30000 Einwohnern. Den Betrieb hatte er von seinem Vater übernommen.

An Vati sehe ich meine eigenen Fehler. Wenn er etwas falsch macht, muß ich einsehen, daß ich es an seiner Stelle wahrscheinlich ebenso falsch gemacht hätte. Der einzige Punkt, wo ich sagen kann, es besser zu machen, sind die Augenblicke, wo er nicht anders kann und wegläuft. Dann hindert mich mein Ehrgefühl daran, Mutti allein zu lassen. Es ist auch wirklich beschämend, wenn eine Frau da stehen muß, wo eigentlich ein Mann aushalten müßte.

Sonntag, 27. Mai

Schon oft wünschte ich mir, einen etwa gleich-
altrigen Bruder oder eine Schwester zu haben.
Was ich teilen oder entbehren müßte, wäre ge-
ring gegen die Vorteile, die es mir brächte. Ich
wäre dann nicht mehr so allein in meiner eigenen
Welt, man könnte über alles mögliche diskutieren
usw. Mit den Eltern kann man sowieso nicht reden,
weil sie andere Interessen haben und nie richtig
Zeit und vom Geschäftlichen ganz ausgefüllt sind.
Heinz treffe ich meist nur zweimal in der Woche,
Werner von nebenan ist vier Jahre jünger als ich,
mit dem kann ich nichts anfangen, und in der
Schule herrschen Algebra, Fremdsprachen und
andere Sorgen. Wenn ich nicht das Pech hätte,
Einzelkind zu sein, ginge alles leichter, zumal im
Umgang mit anderen Menschen.

Montag, 28. Mai

Als ich in das Portal der Schule trat, stand da als
Aufsicht wie gewöhnlich einer der Lehrer, diesmal
unser Klassenlehrer Zimmermann, ein noch ziemlich junger, aber nichtsdestoweniger beleibter
Referendar, den wir deswegen „Molly" oder
„Mops" nennen. Heidi kam mir entgegen; sie war
schon vor mir dagewesen und wollte jetzt hinaus
auf den Hof. Wohl mochte sie eine Grimasse
geschnitten haben, als sie an mir vorbei war. Da
sagte der Zimmermann: „Heidilein, was lachst du
so freundlich?" „Och", erwiderte sie, „ich bin
doch immer freundlich!"

Wenn ich neulich geschrieben habe, daß ich mich wieder gefangen habe, so muß ich das korrigieren. Trotzdem kann ich mich, wenn ich ein bißchen überlege, nicht mehr mit ihr einlassen, schon wegen Doris nicht.

Dienstag, 29. Mai
Das Rad ist immer noch nicht da, obwohl die Firma ein bis zwei Wochen Lieferzeit angab.

Mittwoch, 30. Mai
Heute früh schleppten wir Klaus, dessen Familie - ich weiß nicht, ob ich es schon erwähnte - konfessionslos ist, mit in die Kirche. Wir erinnerten ihn daran, daß er schon einmal in die Schulmesse mitgegangen ist, damals wegen Heidi. Im Triebwagen saß ich ihr gegenüber, fast wie früher in der guten alten Zeit. Aber zum Teufel mit den ganzen Triebwagengeschichten!

Sonntag, 3. Juni
Beinahe wäre heute was Schlimmes passiert. Mit Heinz ging ich auf einem Waldweg spazieren und schob seinen kleinen Bruder im Kinderwagen vor mir her. Heinz tat so, als jage er uns, und der Kleine hatte seine helle Freude daran. Wir hatten ordentlich Tempo, da schob ich den Wagen noch kräftiger an und ließ den Griff los, damit er noch schneller fahren sollte, als wir laufen konnten. Der Wagen stieß mit einem Rad an einen Stein und überschlug sich. Das Kind flog in hohem Bogen

heraus. Wir kriegten einen furchtbaren Schreck. Zum Glück ist nichts passiert, und wir legten das schreiende Kind wieder in den Kinderwagen. Das hätte leicht schiefgehen können.

Montag, 4. Juni
Ganz plötzlich habe ich mich, der ich sonst nie einen Schritt zuviel mache, für das Laufen begeistert. Vielleicht will ich noch meine Füße benutzen, ehe das Rad kommt?

Mittwoch, 6. Juni
Gestern bekam ich eine rätselhafte Ansichtskarte. Auf dem Bild ist ein weißes schloßartiges Gebäude mit Aussichtsplattform zu sehen, aber modern und eckig gebaut. Der Text lautet: „Viele Grüße aus der Jugendherberge in Alpen! Dein Julius". Alles in Druckbuchstaben. Der Ort liegt am Niederrhein in der Nähe von Xanten.

Da ich keinen Julius kenne, kam mir das komisch vor. Ich ging zu Irmgard und ließ mir einige Texte mit Druckbuchstaben von Doris heraussuchen. Da merkte ich, daß sie die Karte geschrieben hat. Irmgard mußte ich natürlich einweihen.

Donnerstag, 7. Juni

Der Lehrer Hammes, der Dieter und mich damals bei unserem versuchten Schulmesseschwänzen verfolgte, gibt Deutsch und Geschichte. Manchmal will er Späße mit mir treiben. Wenn ich jetzt den Türdienst mache, pflegt er mich immer anzugrinsen und irgendwas zu bemerken. Neulich sagte er unvermittelt: „Du magst also auch süße Sachen!" Keine Ahnung, was er damit meinte. Heute kam er grinsend auf mich zu, näherte sich immer mehr, bis unsere Gesichter etwa zehn Zentimeter voneinander entfernt waren, so daß ich beinahe jeden Zahn seines Gebisses sehen konnte und mir seine herausquellenden Augen auffielen. Zwischen Unterlippe und Kinn hat er so eine Ausbuchtung. Wenn man ihn nachäffen oder auf ihn hinweisen will, schiebt man die Zunge vor die unteren Schneidezähne und bekommt dadurch so ein wulstiges Gesicht wie er.

Ich hielt stand, bewegte den Kopf nicht einen Zentimeter, grinste ebenfalls, und es kam zu folgendem Dialog: „Faul?", fragte er. „Nein!" „Träge?" „Nein!" „Gefräßig?" „Vielleicht ... eher nicht!" „Pflegst du im Sommer immer nichts zu tun?" „Wir haben noch nicht Sommer!" „Jedenfalls hegst du schon sommerliche Gefühle!!" Dann drehte er ab und ging in die Klasse, während ich die Tür hinter ihm schloß. So geht das öfters, wobei es sich natürlich immer um etwas anderes handelt.

Zu ihm habe ich ein besonderes Verhältnis, seit er mir mal eine Klassenarbeit wegnahm und sie mit Note 6 bewertete, weil er meinte, ich hätte beim Nachbarn abgeschrieben. Er hätte wissen können, daß ich das gar nicht nötig habe, weil ich in Deutsch viel besser bin als mein Nebenmann. Unser Zimmermann hat das später geschickt herausbekommen. Bei einem Spiel, bei dem man die Wahrheit sagen muß, fragte er, ob ich in seinem Fach Mathe schon mal gefuscht hätte. Ich sagte ja, und ich wußte, daß er wußte, daß es stimmt. Die nächste Frage war, ob ich in Deutsch damals beim Nachbarn abschreiben wollte, und da konnte ich frohen Herzens nein sagen.

Freitag, 8. Juni
Ein Freund aus der Obertertia erzählte mir folgende Geschichte. Ein Obersekundaner grüßte freundlich eine Quartanerin, es handelte sich um Heidi. Da sagte der Studienrat Hammes, derselbe, mit dem ich so merkwürdige Gespräche vor unserem Klassenzimmer führe, er solle bloß die Finger von dem Mädchen lassen. Zwar wolle er nicht behaupten, daß der Obersekundaner „sie schon in den Fingern gehabt hätte", doch vertrete er die Vaterschaft bei dem Mädchen, und er (der Schüler) solle sich vorsehen, sonst sähen sie sich vor Gericht wieder. Das klingt ziemlich seltsam oder? Nicht nur die ganze Obersekunda hat sich darüber amüsiert, sondern ich ebenfalls, ja, ich

bekomme beinahe Lachkrämpfe, wenn ich an die Art denke, wie er das vorgebracht haben mag.

Samstag, 9. Juni
Der Obersekundaner, von dem ich gestern sprach, ist – wie ich gehört habe – aus bisher noch unbekannten Gründen von der Schule geflogen. Ob unser Hammes was damit zu tun hat? Diese Woche hat es noch einen anderen Zwischenfall gegeben. Unser Lateinlehrer hat einen Mitschüler regelrecht verprügelt. Er packte ihn am Kragen und schleuderte ihn durch den Mittelgang zwischen die Bänke. Das war möglich, weil der Junge ziemlich klein und nicht so schwer ist. Als er wieder aufstand, hatte er eine schwarze Gesichtshälfte von dem schwarzen, öligen Zeug, mit dem der Fußboden eingerieben wird.

Dieser Lehrer gibt außerdem Musik und spielt uns oft auf dem Klavier vor. Was mir gut gefällt, ist, daß er Musikstücke auf verschiedene Art spielen kann, also als Marsch, als Walzer usw. Am liebsten spielt er den Marsch „Per aspera ad astra". Er ist sehr von sich überzeugt und glaubt, daß man bei ihm nicht mogeln kann. Bei Lateinarbeiten stellt er einen Stuhl auf den Katheder, setzt sich oben drauf und schreit „Ich bin der Pidder Enders aus Niederprüm! Bei mir fuscht keiner!" Das stimmt aber nicht. Er denkt nämlich nur, daß er alles sieht, in Wirklichkeit geht sein Blick über unsere Köpfe weg. Von den Spickzetteln unter den Tischen kriegt er gar nichts mit.

Sonntag, 10. Juni
Unser Pfarrer in Dockweiler hat heute morgen in der Kirche, man kann beinahe sagen, getobt. Er schrie von der Kanzel, es sei ein Skandal, daß in Dockweiler während der Fronleichnams-Oktav Tanz veranstaltet wurde. Er schimpft immer so auf die Wirte, als ob bei ihnen die Sünde persönlich zu Hause wäre. Der Wirt, in dessen Gaststätte der Tanz stattfand, sagte heute morgen zu Vati: „Ich muß mit ihm leben. Sie können mir Ihr Beileid aussprechen!"

Donnerstag, 14. Juni
Nachdem das Rad vier Wochen nach der Bestellung immer noch nicht eingetroffen ist, reißt mir der Geduldsfaden und ich schreibe eine Karte nach Bielefeld, auf der ich dem Werk mitteile, daß ich die Annahme verweigern würde, wenn es nicht bis zum 19.6. bei mir wäre.

Samstag, 16. Juni
Das Reklameschild vor unserer Tür hatte schon einen Sprung, als es angebracht wurde, und ist schon lange unser Ärger. Es wurde gegen unseren Willen vom Hauswirt aufgehängt. Denn außer dem Sprung hat es einen unmöglichen Text. Es steht nämlich drauf „Gasthaus Becker-Steffens-Bundeskegelbahn", darunter ganz klein der Name meines Vaters als Inhaber, - und der ist auch noch falsch geschrieben! Jetzt hängt es schon fast ein Jahr. Zu Silvester wollte ich schon mal „ein-

schreiten" und einen Stein reinschmeißen, was Vati und Mutti sicherlich im Stillen billigen würden. Wenn es allerdings herauskommt, daß ich es war, werden sie mir wohl nicht danken. Mal sehen, was sich machen läßt.

Sonntag, 17. Juni
Ich hab's geschafft! Der Stein saß! Wie es splitterte und krachte, bin ich schnell fortgelaufen. Auf einem Umweg kam ich etwa 10 Minuten später mit klopfendem Herzen zurück. Vor dem Haus standen bereits zwei Leute und debattierten darüber, ob die Scheibe geplatzt sein könnte oder ob sie jemand mutwillig zerstört hat. Ich beteiligte mich an der Diskussion, stimmte für die zweite Möglichkeit und half den Stein suchen. Wie ein Mörder, der an den Schauplatz seiner Tat zurückkehrt! Ganz wohl war mir dabei nicht. Wenn mich nun jemand gesehen hat!? Dann gibt es einen Mordsskandal!

Montag, 18. Juni
Auf meine Beschwerde wegen des bestellten Rades kam ein Vordruck, auf dem zu lesen stand, das Rad sei am 12. Juni an mich abgegangen. Das ist natürlich nicht wahr, sonst müßte es schon längst hier sein. – Abends bringt man im Fernsehen „Iphigenie auf Tauris" von Goethe. Will ich mir mal ansehen.

Donnerstag, 21. Juni

Hannelore sagte mir, daß sie diese Nacht nach Düsseldorf führe. Sie saß im Gastraum beim Fenster, gerade neben Mutti. Da habe ich schnell ein paar Zeilen an Doris geschrieben. Unter dem Vorwand, Hannelore etwas zum Lesen zu bringen, gab ich ihr ein Buch mit dem Brief drin.

Freitag, 22. Juni

Die Tip-Zettel habe ich heute mit einem Moped zur Bahn gebracht. Das war schön, aber auf die Dauer finde ich das Radfahren noch schöner, zumal wenn es bergab geht. Morgen werde ich sehen, was mit meinem neuen Rad wird.

In der Schule geht es jetzt ziemlich schlecht, obwohl ich die Arbeiten meistens Note 3 habe, außer Französisch eine Vierminus, dafür Deutsch, Religion und Chemie 2. Eigentlich ist das ganze Niveau der Klasse gesunken. Die Franz-, Mathe- und Lateinstunden sind mir eine Qual, namentlich Französisch. Das kommt daher, weil ich den Französischlehrer eigentlich am besten mag und ausgerechnet in diesem Fach so wenig kann. Deswegen muß ich mich oft schämen.

Samstag, 23. Juni

Vom Rad verlautet immer noch nichts. Meine Geduld geht langsam zu Ende. – Die Sache mit dem Brief hat prima geklappt, nur war Doris in der Schule und hatte wenig Zeit für die Antwort; Hannelore fuhr nämlich gleich nach dem Mittagessen wieder ab.

Sonntag, 24. Juni
Es regnet unaufhörlich. Womöglich gibt es wieder so einen Sommer wie vor zwei Jahren. Die beiden Dramen von Goethe, die ich zuletzt las, sagen mir überhaupt nicht zu. „Stella" und „Die Geschwister". Damit kann ich wenig anfangen. Ziemlich langweilig. Begeistert hat mich dagegen ein Dichter von heute: Hans Carossa. „Der Tag des jungen Arztes" oder, was mir noch besser gefallen hat, „Der Arzt Gion".

Dienstag, 26. Juni
Heute endlich, endlich, nach so langer Zeit, habe ich wieder ein Rad. Es ist dunkelgrün. Jetzt bin ich für alles Warten entschädigt. Gleichzeitig eine Enttäuschung: Das Rad hat kein Licht! Damit habe ich nicht gerechnet. Man hätte es extra bestellen müssen. Prima ist die Schaltung, drei Gänge.

Mein Leben ist durch das Rad ganz aus seiner alltäglichen Bahn geworfen. Zum zweiten Male habe ich mein tägliches Lauftraining versäumt und heute dreimal vergessen, eine Tube Zahnpasta zu kaufen. Auf die Schule mag es sich auch nicht sonderlich günstig auswirken, und was die Mitarbeit im Haus betrifft, so sagte Mutti gestern, wir hätten das Rad doch lieber nicht kaufen sollen! Ich muß nämlich, wenn es irgend möglich ist, immer parat stehen, falls es etwas zu tun gibt oder etwas

Besonderes vorfällt. Deswegen habe ich immer ein ungutes Gefühl, wenn ich länger weg bin. Es könnte ja was passiert sein, bei dem man mich brauchte. Am schlimmsten ist es, wenn inzwischen ein Bus gekommen ist. Wenn nämlich plötzlich 20 oder 30 Leute im Lokal stehen und bedient werden wollen, dann werden alle ganz nervös und rennen hektisch durch die Gegend. War ich nicht zu Hause und komme schließlich heim, gibt es eine Abreibung und Vorwürfe, obwohl man vorher natürlich nicht wissen kann, wann so eine Sache passiert.

Sie schätzen meine Mitarbeit schon irgendwie. Das weiß ich von Dritten, z. B. von Hannelore. Wenn andere etwas über mich sagen, etwa wie flink und gut ich helfe, dann sind sie stolz auf ihren Sohn. Aber selbst mich mal zu loben, das bringen sie nicht fertig. Daß ich im Geschäft etwas tue, versteht sich von selbst. Allerdings geht Schule immer vor. Ich kann mich jederzeit selbst beurlauben, indem ich sage, ich müsse Schularbeiten machen. Es ist ihnen nämlich sehr wichtig, daß ich was lerne. Sie haben beide die Volksschule besucht und wollen, daß es mir „einmal besser gehen" soll. Natürlich klappt das nicht bei solchen Großereignissen wie Kirmes, Tanz oder der Ankunft von größeren Gruppen.

Mittwoch, 27. Juni
Der Tag heute war futsch, weil Mutti und ich die Stellung allein halten mußten. Vati war in Daun und hat sich dort betrunken. Das kommt ungefähr zweimal im Jahr vor.

Donnerstag, 28. Juni
Mathearbeit geschrieben. Nachmitttags 32 Zentner Briketts in den Keller geschleppt. - Unsere ohnehin magere „Blütezeit" hier wird wohl bald vorbei sein. Denn grade uns gegenüber hat ein Kunst-Schreiner ein Haus gebaut und in dem Neubau eine Gastwirtschaft aufgemacht. Dagegen kommen wir natürlich nicht an mit unserem alten Kasten, der 1700 und-so-und-soviel gebaut wurde und in dessen meterdicken Mauern, wie die Chronik berichtet, schon der Schwedenkönig Gustav Adolf IV. aus dem Hause Wasa Zuflucht gefunden hat. Vielleicht müssen wir dann Schluß machen, denn in einem Bauerndorf von 800 Einwohnern ist kein Platz für mehrere Gasthäuser. Es gibt zwar bisher schon zwei, aber das zweite wird von zwei älteren, unverheirateten Schwestern nebenbei betrieben, die in der Hauptsache ein Lebensmittelgeschäft haben. Es bleibt oft geschlossen und spielt keine große Rolle. Jetzt aber ist es fraglich, wie lange das mit uns noch gehen wird.

Besagter Kunst-Schreiner hat das Haus in jahrelanger Arbeit mit zähem Fleiß ganz allein gebaut, nur einmal hatte er die Maurer. Innen ist alles künstlerisch ausgestattet mit Holzschnitzereien und Holzkunstwerken, von denen er verwunderlicherweise noch nie etwas verkauft hat. Wahrscheinlich will er gar nichts verkaufen, sondern alles selbst behalten. Überhaupt besteht die ganze Familie aus Sonderlingen. Einer von ihnen ist im Mai in einer Anstalt verstorben. Der Unterschied zwischen Genie und Irrsinn ist ja oft nicht so besonders groß, dafür haben wir hier ein Beispiel. Viele sagen dem Mann nach, er sei nicht ganz normal. Seine Arbeiten jedoch, von denen er sich nicht trennen kann, sind einzigartig. Wie dem auch sei, jedenfalls weiß er, was er will: Er brachte es fertig, allen Verlachungen zum Trotz, das Haus allein zu bauen, das nun „das beste Haus am Platze" sein will. Und wir sind wahrscheinlich abgehängt.

Freitag, 29. Juni
Heute ist Peter und Paul, und am Nachmittag waren einige Rabauken da, die das Lokal unsicher machten. Drei Amis hielten mit ihrem Wagen vor der Tür und kamen herein, um ein Bier zu trinken. Als sie von den Dörflern angepöbelt wurden, ging einer hinaus zum Wagen, und als er wiederkam, lugte ein schwerer Schraubenschlüssel aus der Tasche seines khakibraunen Anzugs. Ein bulliger Metzger, von dem wir unter uns sagen, daß er im Hauptberuf Säufer ist und der schon über 40 Mark Schulden bei uns hat, wollte sich mit ihnen anlegen. Er ist als Raufbold und wüster Schläger

bekannt. Als Vati ihm einmal nichts mehr geben wollte, weil er schon so betrunken war, drohte er, ihn zu verprügeln, was bei den hiesigen Zuständen nicht außergewöhnlich wäre. (Vor zwei Jahren wurde in Dockweiler ein Wirt so verprügelt, daß er an den Folgen seiner Verletzungen starb.)

Dieser Bursche also war es, der die Amis beschimpfte und mit ihnen Streit suchte. Dieses Mal wäre er an die Richtigen geraten: Der eine holte seinen Schraubenschlüssel aus der Tasche hervor, der andere nahm den Schürhaken vom Ofen. Der Metzger ging wie ein besoffener Stier auf sie los, und sie hätten ihn zweifellos zusammengeschlagen, wären nicht zwei andere Gäste im letzten Augenblick dazwischen gesprungen.

Ich bedauere es nur, daß er seine längst verdiente Tracht Prügel nicht bekommen hat. Mit Paul, Hannelores Mann, der ein kräftiger Kerl ist, hat er sich ebenfalls schon mal geprügelt. Das war draußen auf der Straße und ging über mehrere Schauplätze. Am Schluß standen sie beide in dem kleinen Bach, der an unserem Haus vorbeifließt, und schlugen aufeinander ein. Das Wasser muß sie aber dann irgendwie abgekühlt haben, so daß die Schlacht unentschieden endete.

Sonntag, 1. Juli
War in Daun bei Heinz. Weil es aber so geregnet hat, sind wir ins Kino gegangen. Heinz ist dort nebenbei Vorführer, deswegen kommen wir umsonst rein. Bis zu den Ferien sind es genau noch

drei Wochen. Wenn ich mir die neun Mark, welche die Monatskarte kostet, verdienen möchte, müßte ich jeden Tag mit dem Rad die 15 Kilometer nach Gerolstein fahren. Nun ist aber oft schlechtes Wetter. Wenn es morgen schön ist, fahre ich schon mal, - wenn nicht, kaufe ich die Karte. Ein zusätzliches Problem gibt es dann nur bei der Beschaffung der Bild-Zeitung, die ich jeden Tag mitbringen muß. Vati legt Wert darauf, das reißerische 10- Pfennig-Blatt möglichst jeden Tag zu kriegen. Normalerweise kaufe ich es am Bahnhofskiosk. Da muß ich jetzt aber extra mit dem Rad vorbeifahren.

Dienstag, 3. Juli
War ein ziemlich anstrengender Tag heute. Zwei Stunden Latein-Arbeit geschrieben; anschließend Kulturfilm in Daun besucht, insgesamt genau 50 Kilometer mit dem Rad gefahren. Es macht mir immer mehr Spaß mit dem Rad. Wenn denn das Wetter nur einigermaßen mitspielt. Heute zwei Arbeiten zurückbekommen: Englisch 3, Latein 2, bin sehr zufrieden.

Mittwoch, 4. Juli

Meine Bastelei mit Radios hat dazu geführt, daß manche glauben, ich hätte besonders viel Ahnung davon. Damit habe ich mir jetzt was Schönes eingebrockt. Die beiden Schwestern, die das Lebensmittelgeschäft und nebenbei die zweite Gaststätte betreiben, haben mich gebeten, nach einem Radio zu schauen, das keinen Laut mehr von sich gibt. Ich klopfte und schraubte an dem Gerät herum, und plötzlich – ich weiß selber nicht wie und warum – funktionierte es wieder. Die Damen waren erstaunt, lobten mich überschwenglich und fragten, ob ich diese Fertigkeiten von meinem Vater hätte. Darauf ich, großsprecherisch und im Hochgefühl meines Erfolges: „Ach nein, mein Vater ist nur ein kleiner Gastwirt." Fast gleichzeitig war mir klar, daß diese Äußerung nicht in Ordnung war, und ich hätte sie gern ungeschehen gemacht. Ich erinnerte mich gleich an Heines „Belsazar": „Doch kaum das grause Wort verklang, /dem König ward's heimlich im Busen bang."

Mir auch. Und mit Recht. Noch schlimmer wurde mir nämlich zumute, als ich nach einigen Tagen über Mutti erfuhr, daß die beiden Schwätzerinnen diesen anmaßenden Spruch meinem Vater hinterbracht hatten. Selbst hat er mit mir darüber nicht gesprochen, ich glaube aber, daß ihn das sehr verletzt hat.

Donnerstag, 5. Juli
Am nächsten Dienstag sind die Bundesjugend-
spiele. Heute habe ich angefangen, Kugelstoßen
zu trainieren. Ich komme aber kaum über sieben
Meter, das ist viel zu wenig. Da ich selbst keine
Kugel zum Trainieren habe, muß ich immer zu
Klaus auf den Berg gehen.

Freitag, 6. Juli
Bei Klaus ist ein kleiner Franzose zu Besuch. Heute
war ich wieder oben. Wir haben Kugelstoßen
geübt. Mein bester Stoß war diesmal etwas über
acht Meter.

Samstag, 7. Juli
Gut eine Woche bin ich nun schon mit dem Rad
gefahren. Bleiben noch 14 Tage, dann habe ich
mir das Geld für die Monatskarte verdient. Wenn
das Wetter immer so schön ist wie heute, kann ich
wirklich zufrieden sein. - Seit einiger Zeit duzt sich
nicht nur Vati, sondern auch Mutti mit Hannelore.

Dienstag, 10. Juli
Gestern war eine ganz fürchterliche Hitze.
Plötzlich gab es ein Gewitter, und der Keller lief
voll mit Wasser. Ich habe bis halb zehn Wasser aus
dem Keller geschafft.
Heute fanden die Bundesjugendspiele statt, ich
erreichte nur 39 Punkte, war also noch schlechter
als das letzte Mal. Für eine Urkunde sind 40 Punkte
notwendig. Ist mir aber egal, ich habe da keinen

Ehrgeiz. Am Schluß wurde ein Tauziehen gegen das Lehrerkollegium veranstaltet. Das war sehr lustig.

Mittwoch, 11. Juli

Beim Durchstöbern von Büchern über Schlesien ist mir der Gedanke gekommen, mich mal näher nach meinen Vorfahren zu erkundigen. Wie sie hießen, wo sie wohnten und was sie trieben oder welchen Beruf sie ausübten, wäre doch ganz interessant zu wissen.

Allerdings ist es wahrscheinlich, daß dieses Projekt von vornherein zum Scheitern verurteilt ist, weil wir ja seit 1945 von zu Hause weg sind. Eventuelle Aufzeichnungen liegen vermutlich in Schutt und Asche. Meine Urgroßmutter und mein Großvater väterlicherseits sind vor einiger Zeit gestorben, beide in Hirschberg. Meine Urgroßmutter Omele, wie wir sie nannten, ist 96 Jahre alt geworden.

Samstag, 14. Juli

Heute bin ich zum ersten Mal mit einer etwas schwereren Maschine gefahren, mit der alten 250er BMW von Paul. Der saß auf dem Soziussitz und gab Anweisungen, und so brausten wir die ganze Hardt hinunter. Das hat großen Spaß gemacht.

Montag, 16. Juli

Der kleine Franzose bei Klaus hat sich inzwischen gut eingelebt. Zuerst war er noch etwas schüchtern, jetzt aber offenbart er sein Temperament, indem er sich mit den Brüdern von Klaus zankt und dessen Schwestern, es sind drei, alle abküßt. Was für mich gut ist, also nicht das Küssen, sondern weil er meine französischen Hausaufgaben korrigiert. Damit bin ich mit Französisch vielleicht aus der Schußlinie und bleibe nicht noch einmal kleben.

In der Quarta bin ich hängengeblieben. Das hatte mit schlechten Leistungen in den Nebenfächern zu tun, aber den Ausschlag gegeben hat die Fünf in Englisch. Diesen Todesstoß hat mir ausgerechnet eine Lehrerin versetzt, die bei uns im Dorf wohnt. Sie ist die verheiratete Schwester der beiden alten Jungfern, die mich mit dem Radio bei Vati angeschwärzt haben. Diese Lehrerin fährt manchmal mit uns nach Hause, das ist unangenehm. Wenn es nicht der Bus, sondern der Zug ist, können wir eine Begegnung vermeiden, treffen sie aber dafür beim Aussteigen. Manchmal hat sie mehrere Taschen dabei und verpflichtet mich, eine davon zu tragen mit der Begründung, daß ich bei ihr Unterricht habe. Dann muß ich die ganzen zwei Kilometer von Dockweiler nach Dreis neben ihr hertrotten. Zu dieser Plage krieg ich außerdem noch den Spott meiner Mitschüler. Die Lehrerin heißt Bauer, und Klaus hatte natürlich sofort die

Idee, das Lied „Im Märzen die Bauer den Haida anspannt ..." anzustimmen.

Also, jedenfalls hat sie mir die Mühe nicht gedankt. Bei der Wiederholung der Klasse hatte ich sie wieder in Englisch und war ziemlich gut darin. Bei der ersten Arbeit hätte ich eigentlich eine Eins kriegen müssen, wenn ich nicht aus Übermut für Kopf das Wort ‚noodle' statt ‚head' gesetzt hätte. Sie war so humorlos, mir das als Fehler anzustreichen und mir wegen dieses einen Fehlers als Note nur eine Zwei zu geben.

Mich hat diese zweite Runde in der Quarta nicht aus der Bahn geworfen. Die Stimmung zu Hause aber war gar nicht gut. Für meinen Vater, dem Schule oder jedenfalls gute Noten äußerst wichtig sind, war das eine Katastrophe. Er reagierte entsprechend, drohte mit Prügeln und kaufte einen von ihm so genannten Ochsenziemer, das ist ein kurzer Stock, den man in der Faust hält und damit die fünf Lederriemen schwingt, die daran befestigt sind. Als ob man damit die schulischen Leistungen verbessern könnte! Es blieb aber bei der Drohung, tatsächlich geschlagen hat er mich damit nie. Aber er strafte mich mit Verachtung, sprach anschließend noch weniger als sonst mit mir und weigerte sich ein halbes Jahr lang, am selben Tisch mit mir zu essen. In seinen Augen bin ich anscheinend ein Totalversager.

Dienstag, 17. Juli

Die bestellten Bücher vom Lesering sind gekommen, und zwar „Der grüne Heinrich" von Gottfried Keller und „Die schönsten Erzählungen" von R. G. Binding. Günter hat mir das „Tagebuch der Anne Frank" geschickt. Er schreibt ganz begeistert von der Gefühls- und Gedankenwelt des jungen Mädchens. Von sowas habe er bisher noch keine Ahnung gehabt. Noch mehr beeindruckend sei die Lektüre durch das tragische Ende. Nachdem das Versteck der jüdischen Familie verraten wurde, stirbt das Mädchen in einem Konzentrationslager. - Genug zu lesen also. Muß bald damit anfangen.

Mittwoch, 18. Juli

Noch zwei Tage, dann ist es geschafft, und wir haben Ferien. Unser Direktor, Dr. Michels, den wir den Chef nennen, ist ziemlich streng. Er ist ein großer, dunkelhaariger Mann mit einer randlosen Brille, durch die er einen scharf anguckt. Er kritisiert uns oft und hat jetzt behauptet, im Unterreicht schliefen wir die ganze Zeit nur. Daraufhin haben wir draußen über unserer Klassenzimmertür ein Schild aufgehängt mit den Buchstaben DSG, das steht für „Deutsche Schlafwagen-Gesellschaft". Entsprechende Zeichnungen, z. B., wie einer mit dem Kopf auf dem Pult liegt, ein anderer halb horizontal und halb vertikal am Türpfosten gammelt, ein dritter nach

Herzenslust gähnt, sind in die Buchstaben einge-
zeichnet.

Doris bekommt erst Anfang August Ferien. Ich
würde gerne in der ersten Hälfte der Ferien
arbeiten, wenn ich für nur so kurze Zeit eine
Arbeitsstelle finden könnte.

Donnerstag, 19. Juli
Unser Klassenlehrer Zimmermann fragte mich
heute, ob ich mit dem Rad da wäre und ob das Rad
„sehr stark" sei. Er wollte es nämlich mal aus-
probieren. Die ganze Klasse hat gelacht, als er
damit losfuhr, er ist ja so dick.

Er ist eigentlich ein guter Typ. Aber als er
unsere Klasse übernahm, hatten wir es erstmal mit
ihm verdorben. In der ersten Stunde hielt er einen
Vortrag über die Art, wie wir miteinander am
besten auskommen können und fügte dabei nach
jedem zweiten Satz in seinem Dialekt ein „Net
wohr" hinzu. Mein Nachbar Dieter und ich fanden
das so lustig, daß wir lachen mußten. Kaum hatten
wir uns einigermaßen gefangen, folgte wieder ein
„Net wohr" und dann noch eins und noch eins, bis
wir uns vor Lachen nicht mehr halten konnten und
laut losprusteten. Er unterbrach irritiert seinen
Vortrag und sagte wütend, wir beide seien ja ganz
besondere Spaßvögel, und er wolle sich unsere
Namen sofort merken. Das war erstmal nicht so
gut.

Später haben wir die Sache ausgebügelt, denn
er hatte gemerkt, daß wir doch nicht so schlimme

Burschen sind. Er redet auch außerhalb des Unterrichts oft mit uns, und wir verstehen uns gut mit ihm. Einmal fragte er uns privat, warum wir damals gelacht hätten. Wir erzählten es ihm, und er war versöhnt. Er hatte nämlich gedacht, wir hätten ihn wegen seines etwas schiefen Mundes ausgelacht, der wohl von einer Kriegsverletzung stammt.

In der Klasse haben wir heute mit einem Gerät Tonbandaufnahmen gemacht. Man erkennt seine eigene Stimme fast nicht wieder.

Freitag, 20. Juli

Endlich Ferien! Das Zeugnis ist gut, also Durchschnitt 2,9. Trotzdem fühle ich mich damit nicht so sicher, wie man glauben könnte. Mit diesem Schnitt zähle ich zwar zum besten Fünftel der Klasse, habe aber dennoch Bedenken, ob ich das Abitur schaffen werde. Anderes wird mir aber wohl nicht übrigbleiben, denn wenn ich Ostern abgehen sollte, weiß ich nicht, was ich anfangen soll. Lust habe ich zu gar nichts. Der Beruf, den ich augenblicklich ergreifen möchte, müßte noch erfunden werden, und auf irgendeine Verwaltung möchte ich schon gar nicht. Mutti drängt immerfort, aber was soll ich ihr sagen, ich war mir noch nie so unklar wie jetzt!

Samstag, 21. Juli

Von Doris habe ich eine Postkarte bekommen. Sie denkt also doch noch manchmal an mich. Im August werde ich sie ja wiedersehen. Ich lese jetzt Kellers „Grünen Heinrich" und kann nur sagen, daß er mir in der Vielfalt der Personen und dem erzählerischen Ausdruck sehr gefällt. Mit dem Heinrich, der auch nicht weiß, was mit ihm werden soll, kann ich mich gut identifizieren.

Sonntag, 22. Juli

War mit Heinz am Dauner Maar. Wir sind gewandert und haben gebadet. - Mit Arbeit in den Ferien ist es nichts geworden. Deswegen werde ich mit einem Oberprimaner namens Ernst-Wilhelm eine Fahrradtour starten. Dauer etwa drei Tage. Ziel: eine Stadt in Luxemburg, erste Etappe: Prüm. Dort wollen wir übernachten, und zwar in dem Konvikt, wo sich Ernst-Wilhelm während der Schulzeit aufhält.

Montag, 23. Juli

Wir mußten unseren Plan ändern, weil Ernst-Wilhelm keinen Grenzübertritt bekommt. Wohin also? Natürlich wieder mal an den Rhein, und bei meinem Freund Hermann wollen wir auch mal reinschauen. Hoffentlich wird gutes Wetter!

Dienstag, 24. Juli

Wir fuhren um 8 Uhr los und hatten bis Mayen tatsächlich gutes Wetter. Von dort an regnete es, in

Maria Laach ebenfalls. Ziemlich naß erschienen wir in Koblenz im Kaufhaus Weikert bei meinem alten Freund Hermann. Dieser Nichtsahnende war hocherfreut über unseren Besuch und schenkte mir einen Schlips, den ich jetzt die ganze Zeit mit mir herumschleppen und vorsichtig wie ein Ei behandeln muß, damit er nicht allzusehr zerknittert wird. Es war unsere Absicht, in Andernach zu übernachten, aber da es erst drei Uhr war, fuhren wir weiter. Es ging immer ganz grade und flach, im Gegensatz zu den Eifelbergen. Über Koblenz und Ehrenbreitstein fuhren wir nach Niederlahnstein. Die Jugendherberge war besetzt, aber zum Glück kannte die Herbergsmutter unser Dorf, sie sprach sogar Dreiser Platt, und so brachte sie uns doch noch irgendwie unter. Morgen geht es weiter in Richtung Limburg, das Wetter hat sich günstig verändert.

Mittwoch, 25. Juli
Jugendherberge Limburg. Einer auf unserer Bude scheint diese Nacht an Verfolgungswahn gelitten zu haben. Plötzlich - es war kurz nach Mitternacht - gellte ein Schrei durchs Zimmer: „Russen!". Dann war wieder alles ruhig, und wir schliefen weiter. - Heute haben wir uns weidlich geplagt, es kam ein Buckel nach dem anderen, wie im Westerwald nicht anders zu erwarten. Wir fuhren über Limburg nach Montabaur, das sind etwas über 60 Kilometer. Außerdem war die Straße teilweise gesperrt, und wir mußten viel zu Fuß gehen.

Man kann nicht sagen, daß die Herberge in Montabaur grade hypermodern gewesen wäre. Im Gang hing ein Schild: „Nicht ärgern - nur wundern". Das schien man auch zu meinen, die Betten machten den Eindruck handgeschmiedet zu sein, und anstelle der Sprungfedern fand man Bretter unter der Matratze. Was darauf schließen läßt, daß auf spartanische Erziehung Wert gelegt wird. Wir pochten auf die Bretter, sagten „Gut Holz" und bestiegen unsere fidelen Bettstellen. Sonst war aber alles prima, nicht viel Betrieb, nur etwa acht Leute auf der Bude. Wir freundeten uns schnell an, und so war allerhand Blödsinn an der Tagesordnung beziehungsweise Abend- oder Nachtordnung. Heute früh mußten wir zurück nach Koblenz, waren auch wieder bei Hermann im Kaufhaus und sind jetzt in Linz am Rhein, der bisher größten Jugendherberge auf unserer Strecke. Das Schwimmbad ist nur einige hundert Meter entfernt. Wir badeten bei 30 Grad.

Samstag, 28. Juli
Gestern in Euskirchen gelandet. An sich ist es hier sehr gemütlich, weil nicht so viel Betrieb ist wie in Linz, wo wir zu 55 Mann in einem Saal schliefen. Hier gibt es ein wunderbares Schwimmbad, und das Wasser war gestern 23 Grad. Anschließend fuhren wir weiter nach Bonn und haben nur etwa 50 Kilometer zurückgelegt. In der Bundeshauptstadt ist sehr viel Betrieb, vor allem ist die Straßenbahn mit ihren Schienen mein Alptraum

und der Feind meines Vorderrades. Jetzt morgens ist es ein kleiner Sturm, der die Bäume hin- und herreißt und uns das Fahren erschwert. Es regnet, und wir müssen noch heute nach Hause...!

Es ist immer noch Samstag. Wir sind wieder zu Hause, der heutige Tag war der schlimmste der ganzen Fahrt. Von Münstereifel bis Stadtkyll hatten wir Gegenwind, der uns das Fahren fast unmöglich machte. Insgesamt haben wir etwa 430 Kilometer zurückgelegt.

Wie ich gerade erfahre, ist einer von Klaus' Brüdern seit der letzten Woche verschwunden. Wahrscheinlich ist er abgehauen, womöglich in die Fremdenlegion. Er hat wohl unter den Eltern gelitten. Die sind ja ziemlich streng.

Sonntag, 29. Juli
Das schöne Wetter ist schon vorbei, es hat heute den ganzen Tag geregnet. Deshalb habe ich wieder im „Grünen Heinrich" gelesen. Dabei überlege ich, ob es mir mit Doris ebenso ergehen wird, wie Heinrich nach der Trennung und dem Wiedersehen mit Anna: Beide sind älter geworden, und es tritt eine gewisse Entfremdung zwischen ihnen ein.

Montag, 30. Juli

Da hier der Laden wegen der Konkurrenz durch den Holzschnitzer immer schlechter geht, müssen wir uns nach etwas anderem umsehen. So wäre in Niederlahnstein eine Kantine der Bundeswehr in Aussicht. Das würde natürlich unser ganzes Leben entscheidend verändern. Kaserne heißt: als Gäste nur Soldaten. Neben Getränken müßten wir auch alle Arten von Gebrauchsgegenständen führen. Es ist nicht sicher, daß etwas daraus wird, unser Hauswirt wird nämlich auf den Pachtvertrag pochen usw. Vati wäre nicht abgeneigt, er fängt ja gerne mal was Neues an. Ob es dazu kommen wird, ist die große Frage. Wir sind schließlich nicht die einzigen Bewerber. Wenn es klappt, kriegen wir wieder eine anständige Wohnung, da wir jetzt, selbst so lange nach dem Kriege, in dieser feuchten Höhle hausen müssen. - Paul muß morgen mit dem Fernlaster nach Düsseldorf, wo er Doris abholen wird. Prima!!!

Dienstag, 31. Juli

Inzwischen bin ich im „Heinrich" bis dorthin gekommen, wo Anna stirbt. Davon scheint er jedoch nicht allzusehr beeindruckt zu sein, da er immer noch zu der älteren Judith geht. Obwohl die Frau und das Mädchen ganz verschiedene Gefühle und Sinne bei ihm ansprechen, sieht er sie gleichsam in einer Verschmelzung, als ob sie eine Person wären. Das ändert sich nun ganz brutal durch den Tod von Anna, der ihn zwangsläufig aus dieser

Vorstellung reißt. Heinrich ist ganz aufrichtig, als er - um nur ein Beispiel zu nennen - seine Gefühle bei der Totenwache beschreibt oder vielmehr die Gefühle, welche er merkwürdigerweise nicht hat.

Aber was rede ich da von Trauer und Tod, für mich beginnt jetzt erst das Leben. Doris ist wieder hier! Zwar sah ich sie noch nicht, aber Paul brachte sie mit und rief von uns aus nach Düsseldorf an, um die gute Ankunft von beiden mitzuteilen.

Mittwoch, 1. August
Doris ist nun schon einen Tag hier, doch ich habe sie noch nicht gesehen. Sie war nur, wie ich später erfuhr, ganz kurz bei Irmgard. Mutti fängt indessen wieder an, spitze Bemerkungen zu machen. Vielleicht ist sie eifersüchtig, das kann man nie sicher wissen.

Donnerstag, 2. August
Unsere Wirtsleute haben sich endlich ermannt, den Vorraum von meinem Zimmer, die „Vorhölle" genannte Rumpelkammer, einmal aufzuräumen. Gestern wurde mir nahegelegt, dabei zu helfen, was mich nicht gerade mit besonderer Freude erfüllte. Das änderte sich aber sofort, als ich erfuhr, daß Doris auch helfen sollte.

Nach der Begrüßung haben wir angefangen, aufzuräumen und in den alten Papieren gekramt. Was weggeworfen werden sollte, brachten wir in den Garten, um es zu verbrennen. Als Irmgard dann kurz in den Hühnerstall ging, haben wir schnell die Tür zugesperrt. Der Knalleffekt kam dann, als wir nach ihrem langen Bitten die Tür wieder aufmachen wollten. Es stellte sich nämlich heraus, daß von dem Schloß, das ich zugedrückt hatte, seit langem kein Schlüssel mehr existiert und wir sie wirklich nicht mehr herauslassen konnten. Schließlich holte ich einen Hammer und ein Eisenstück und sprengte nach einigen Mühen die ganze Verriegelung.

Nachher saßen wir in der Veranda am Klavier, ganz artig und getrennt, als hätten wir uns noch nie Briefe geschrieben oder Bilder ausgetauscht.

Freitag, 3. August

Ich mußte schon um fünf Uhr aufstehen, um die Tip-Zettel wegzubringen, die am Vortag nicht fertig geworden waren. Da war nämlich noch so viel zu tun, weil das Richtfest von der neuen Kanalisation gefeiert wurde. Unter den Arbeitern war ein Klassenkamerad von mir, der in den Ferien beim Straßenbau arbeitet. Als er Doris sah, sagte er: „Donnerwetter, was ist das für eine Puppe?" „Ist auf Ferien hier", sagte ich lakonisch. „Mensch, wer ist das?", fragte er noch einmal. „Erstens geht dich das nichts an, und ..." „Naja, ich wollte ja nur mal wissen, übrigens: Bist du etwa da hinterher?" Und als ich zweideutig lächelte, fuhr er ironisch fort: „Mädchen interessieren dich wohl nicht, wie?" Ein anderer, der hinzukam, bekundete ebenfalls sein Interesse und seine Bewunderung. Schließlich tauchte Heinz auch noch auf und beteiligte sich an dem Gespräch über Doris. Ich sagte nichts dazu.

Samstag, 4. August

Heute habe ich Geburtstag, und es hat sich so viel ereignet, daß ich gar nicht alles aufschreiben kann. Natürlich haben mir alle gratuliert und waren besonders nett zu mir. Abends saßen wir mit Irmgard und Doris noch eine ganze Zeit bei unseren Wirtsleuten zusammen. In Daun hatte ich heute einen Termin beim Optiker, der mir eröffnete, daß ich unbedingt eine Brille brauche. Auf der Fahrt mit Ernst-Wilhelm hatte ich nämlich festgestellt, daß mein Freund aus weiter Entfernung die Ortsschilder immer schon viel eher lesen konnte als ich.

Sonntag, 5. August

Einen Tag nach meinem Geburtstag hätte mich Vati doch beinahe verhauen, was er bestimmt seit vier oder fünf Jahren nicht mehr getan hat. Ich hatte das Wasser abgestellt, um eine kaputte Dichtung zu ersetzen. Da ausgerechnet wollte Vati sich waschen und stand plötzlich voll mit Seife und ohne Wasser da, was ihn furchtbar aufbrachte. Das konnte ich nicht wissen, was ich ihm auch gesagt habe, als er mich deswegen anbrüllte. Na ja, und schon hatten wir den Salat. Er ist halt ein bißchen jähzornig.

Beim Federballspielen ging nicht alles so, wie ich es mir vorstellte. Aber ich bin trotzdem zufrieden. Doris hat auch so ein Spiel und brachte es nachmittags mit runter. Aus Köln ist inzwischen Besuch zu Beckers gekommen, ein frecher Junge namens Bernd, der ebenfalls mitspielte.

Montag, 6. August
Die Doktorarbeit, will sagen die Bewerbung für die Bundeswehr-Kantine, ist fertig und kann nach Koblenz abgehen. Zum Schluß hatte keiner mehr die rechte Lust daran. Vati wollte drei Stunden Ruhe haben, um seinen Lebenslauf zu schreiben und die Bewerbung zu tippen. Wir haben nämlich inzwischen eine Schreibmaschine, und zwar neu gekauft. Aus den drei Stunden sind dann siebeneinhalb geworden.

Heute beziehungsweise gestern habe ich mit Doris Federball gespielt. Aber es wollte keine rechte Stimmung aufkommen. Das Spiel wurde bald eintönig, und als wir nachher auf dem Holzstapel saßen, wußte keiner, was er sagen sollte. Obwohl wir es einige Male krampfhaft versuchten, mangelte es doch offensichtlich an Gesprächsthemen. So ist das nun. Wenn Doris oben ist, bei Irmgard am Fenster steht oder sonst irgendwas tut, bemühe ich mich, einen Blick von ihr zu erhaschen und bin glücklich, wenn mir das gelingt. Sitze ich aber stundenlang mit ihr zusammen und ... ja, dann ist Stille.

Was uns fehlt, ist die unbefangene Unterhaltung, das Sprechen und Reden, wie wir es sonst tun, wenn jemand dabei ist. Mit Hannelore kann ich das gut, und ich bin froh, wenn sie da ist, weil sie die Brücke bildet und wir ungezwungener reden. Gedanklich habe ich die Sache vollkommen klar, aber in der Realität ist es sehr verworren.

Dienstag, 7. August
Heute ging schon vieles besser. Wir waren fast den ganzen Nachmittag zusammen, haben vor der Tür gesessen, Stadt-Land gespielt und Kreuzworträtsel gelöst. Später noch auf der Kegelbahn, die zur Gaststätte gehört, gekegelt, allerdings ohne Doris. Sie wollte dabei nur zusehen, warum weiß ich nicht, vielleicht weil sie ihre guten Sachen anhatte. Bernd und Irmgard gingen anschließend nach oben zu Beckers, und so spielte ich allein mit Doris Federball. Es ging ganz gut, und wir langweilten uns nicht mal, sondern brachten sogar eine leidliche Unterhaltung zustande. Nach dem Abendbrot ging ich zu ihr auf die Hardt hinauf, wo wir mit Hannelore und Paul spielten, bis wir den Ball in der Dunkelheit nicht mehr sehen konnten.

Mittwoch, 8. August

Heute habe ich viel mit Körben zu tun gehabt. Zwanzig mit Holz habe ich in den Keller getragen. Den 21. gab mir Doris, als ich sie fragte, ob sie mit mir Kaffee trinken möchte. Sie sagte es nicht direkt, beteuerte aber, keinen Hunger zu haben, und legte sich auf die Wiese hinten im Garten.

Donnerstag, 9. August

Als ich zu Doris hinaufgehen wollte, bemerkte Mutti spitz, ich finge „ja sehr früh an". Ich wußte wohl, was sie meinte, machte gar nicht viel drum herum und fragte sie, was sie eigentlich auszusetzen habe. Es kamen die in einem solchen Fall üblichen Redensarten: Ein Junge solle „sich nicht so früh mit Mädchen abgeben", „... solange es noch harmlos ist, ginge es ja, aber ...", usw. usf. Es ist harmlos. Den Umgang mit Doris mir direkt zu verbieten, trauen sie sich offenbar auch nicht, vielleicht wegen Hannelore.

Freitag, 10. August

Die Kirmes naht. Die Hetze ist schon in vollem Gange. Ich muß Plakate schreiben und austragen, in Daun den Erlaubnisschein für den Tanz besorgen, die Tische im Saal mit Papier eindecken, denn richtige Tischdecken kann man für so ein Ereignis nicht nehmen. - Mit Niederlahnstein wird es wohl nichts werden. Ein Würstchenvertreter hat das Kasernenleben in den greulichsten Farben geschildert und Vati und Mutti damit so sehr abgeschreckt, daß sie ablehnen werden, - falls wir wirklich in Frage kommen sollten.

Die Eltern von Doris werden über die Feiertage ihre Töchter hier besuchen. Dem sehe ich mit gemischten Gefühlen entgegen. Ich kenne sie gar nicht und weiß nicht, wie sie sich zu uns verhalten werden. Ich hoffe, sie sind nicht so wie meine, die einen nur ausschimpfen, überwachen und einem Dinge verbieten wollen, weil sie kein Vertrauen haben. Doris' Eltern kommen aus der Großstadt, da ist es vielleicht anders. Aber Eltern sind Eltern, und man kann ihnen nie trauen, selbst wenn sie schon mehrere verheiratete Töchter haben und nicht mehr so kleinlich sein müßten.

Samstag, 11. August

Der Bernd entwickelt sich echt zum Blödmann; mitunter ist er so taktlos, daß ich mich für ihn schämen möchte. Zu den Mädchen sagt er grundsätzlich „blöde Sau" und ähnliches. Derartiges kam vorgestern zuletzt vor. Wir saßen oben bei den Beckers, und Hannelore war auch anwesend, sonst hätte ich ihm schon eine reingehauen. Aber aufgeschoben ist nicht aufgehoben. Es kommt nur auf die Umstände an, falls er so etwas noch einmal wagen sollte. Heute zwängte er sich beim Fernsehen zwischen Doris und mich und verpatzte uns damit beinahe den ganzen Abend. Die Mädchen unterhielten sich seinetwegen nur noch leise. Weil ich nun etwas weiter entfernt saß, war ich kaltgestellt.

Die Begegnung mit den Eltern von Doris hat ganz gut geklappt, ich habe sie zusammen mit Mutti begrüßt, die sie auch noch nicht kannte. Natürlich werde ich froh sein, wenn sie wieder abreisen, was nicht mehr allzu lange dauern wird.

Sonntag, 12. August
Eigentlich ist es gut, daß Doris sich vor Betrunkenen fürchtet und wohl nicht zu bewegen wäre, an einem Tag oder einer Nacht wie heute das Lokal zu betreten. So bin ich froh, sie weitab zu wissen von dem Kirmestumult, dem Grölen der Besoffenen, den Anspielungen und schmutzigen Witzen und dem hysterischen Gekreisch der Weiber, denen das alles noch Vergnügen macht. Man könnte denken, ich würde die Sache schlimmer machen, als sie ist. Aber sind das nicht alles die Einzelheiten, die letztlich das Ganze ausmachen, weil sie charakteristisch sind für den Geist, mit dem hier die Kirmes begangen wird? Ich nehme das zu ernst? Dann bin ich eben der Sauertopf, der mit dieser „rheinischen Fröhlichkeit" nichts anfangen kann.

Montag, 13. August
Bin erschöpft von den letzten Tagen. Heute habe ich gar nichts getan, sondern mich nur von den Strapazen erholt. Möchte ein paar Ruhetage einlegen.

Dienstag, 14. August

Wir haben uns auf das Kartenspiel geworfen. Mau-Mau, 66 und anderes. Die Mädchen konnten 66 noch nicht richtig, weshalb ich es erklärte. Herz war gerade Trumpf, und ich sagte, man müsse die Herzen bis zuletzt zurückbehalten. Das ließ man mir natürlich nicht ohne einige Bemerkungen durchgehen, und es gab viel Gelächter.

Mittwoch, 15. August, Maria Himmelfahrt

Es war weder ein richtiger Feiertag noch ein normaler Werktag, sondern so ein Zwischending, bei dem man weder etwas Feier- noch etwas Wochentägliches unternehmen kann. Nach dem Hochamt ging ich auf dem Heimweg hinter Doris und ihrem Vater her und überlegte angestrengt, wie ich mich verhalten sollte. Ich habe die Sache gelöst, indem ich Abstand hielt und sie erst wie zufällig einholte, als nur noch wenige hundert Meter zu gehen waren, die ich dann gemeinsam mit ihnen zurücklegte, über das Wetter und anderes nichtssagendes Zeug sprechend.

Von Irmgard erfuhr ich in unverfänglichem Gespräch über Namens- und Geburtstage, daß Doris am 31. Dezember eine Stunde vor Mitternacht geboren wurde. Wir waren heute spazieren: Doris, Irmgard und ich. Außerdem Christel, eine Freundin von Irmgard. Alles sehr schön, aber wir finden immer noch nicht die richtigen Worte. Ob sich das wohl mal bessern wird?

Donnerstag, 16. August
Heute vormittag war ich von einer seltenen Trau-
rigkeit, so daß ich eine knappe Stunde weit raus
fuhr in die Felder, mich ins Gras legte und auf die
Glocke lauschte, die vom Obereher Kirchturm
eben zwölf Uhr schlug.

Nicht grade besser war es heute abend, als
Doris nach einem läppischen Kartenspiel nach
Hause gehen wollte. Um so größer waren daher
mein Erstaunen und meine Freude, als ich durch
die Hintertür das Haus betrat und Doris in der
Haustür stehen sah. Sie hatte Hannelore doch noch
rumgekriegt, zum Fernsehen zu kommen, wo ein
französischer Film gegeben wurde: „Keine Ferien
für den lieben Gott". Wir saßen eng zusammen;
der Film war gut, es war dunkel im Saal, und
unsere Arme lagen auf dem Tisch und berührten
einander. Als ich einmal zu ihr hinübersah,
glaubte ich, sie habe Tränen in den Augen.

Was sich die Unsrigen wohl denken mögen?
Vati hat mich nachher so komisch angesehen, als
messe er meine Verdienste gegenüber meinen
Missetaten; so ähnlich kam es mir vor.

Freitag, 17. August
Wir haben heute unter anderem solche Zettel geschrieben, die man nach jedem Schreiben ab-
knickt, wobei diese seltsamen Sätze herauskom-
men, wie „Steffi badet einmal im Jahr, Onkel
Christian balanciert mit Begeisterung auf einer
Bierflasche oder Archibald säuft wie ein Loch".

Nachher mußte ich die Tip-Scheine wegbringen, und als ich wiederkam, war gerade ein
neuer Zettel fertig. Irmgard schickte sich an, ihn
zu verlesen, brach aber plötzlich in fürchterliches
Gelächter aus. Doris, die ihr über die Schulter
gesehen hatte, entwand ihr den Wisch und riß ihn
in Fetzen. Das nützte aber nichts, Irmgard ver-
kündete es laut, obwohl ihre Mutter in der Stube
war: „Pitterchen liebt Doris!" Ich war etwas
betroffen, Doris nicht weniger, wir gingen bald.
Das ist wieder ein Komplott gewesen von Irmgard
und Christel.

Samstag, 18. August
Ich sitze in meiner Stube. Unten im Lokal brüllen
die Platten mit Schlagern, die mir schon zum Halse
heraushängen. Die verrückten Weiber nebst unserer Hauswirtin sind zusammengekommen. Mutti
hat nämlich Namenstag, eine Feierlichkeit, die wir
von zuhause aus gar nicht kennen. Ich weiß, daß
sie ihn nicht gerne feiert, zumal Samstag ist, und
sie eigentlich viel zu tun hätte. Aber sie muß
mitmachen, um die anderen nicht zu beleidigen,
die übrigens schon seit 10 Uhr da sind. Ein Glück,
daß ich in Gerolstein war. Von Mittagessen kann
natürlich nicht die Rede sein. Ich verpflege mich
selbst. Es ist jetzt schon drei Uhr. Wenn nur Doris
einmal käme!
Gestern habe ich mich doch geirrt, als ich
vermutete, Irmgard und Christel steckten hinter
diesem seltsamen Satz. Christel war nämlich

ebenfalls kurz weg, folglich stammt das Pitterchen, was übrigens Peterchen heißt, von Doris. Ich erinnere mich, diesen Ausdruck von Hannelore schon mal gehört zu haben. Irmgard, die vielleicht ahnen mochte, was Doris geschrieben hatte, brachte dann das Weitere zu Papier. So ungefähr wäre die Sache zu rekonstruieren.

Gegen 7 Uhr gingen die Gratulantinnen endlich heim. Muttis Arbeit ist natürlich während des ganzen Tages liegengeblieben. Als ich die Küche betrete, staune ich, Doris und Hannelore beim Abwaschen zu finden. Ich räume das Geschirr ein und gehe in den Keller, Spänchen für die Öfen zu machen.

Vati klingelte, damit Hilfe aus der Küche käme. Doris suchte mich im Keller, um mich zu holen. Ich war noch nicht fertig, und es dauerte eine Weile. Inzwischen klingelte er wie wahnsinnig. „Sitzt ihr denn auf den Ohren!", brüllte er mich an, als ich schließlich oben war. „Im Keller war ich, im Keller!", brüllte ich zurück. Vati hatte sicherlich eine Sauwut. Die Gäste merkten schon auf. Dabei wollte er nur das Schachbrett gebracht haben. Im Fernsehen war nichts Besonderes.

Als es zu Ende war, setzte ich mich neben Hannelore, aber indessen kam Paul wieder, und ich mußte den Platz räumen. Auf die andere Seite natürlich zu Doris. Unsere Hände begegneten sich in einer Schale mit Nüssen.

Sonntag, 19. August

Ereignisreicher Tag. Wir haben heute einen Spaziergang gemacht. Paul war auf der Kegelbahn, um halb fünf holte ich Hannelore und Doris ab. Wir gingen über den Weiher zum Döhm, einem kleinen Vulkanberg. Hannelore war die Besteigung zu schwierig; so gingen Doris und ich allein. Wir erklommen fast im Eilschritt den Hang, wobei mir weniger deswegen als vor Aufregung die Puste knapp wurde. Als wir halbwegs oben waren und unter Haselnußsträuchern einhergingen, legte ich den Arm um ihre Schulter. Sie ließ es zu, erwiderte es jedoch nicht. Während wir in unvermindertem Tempo dahinmarschierten, mußte ich den Arm leider wegnehmen, um einen Zweig beiseite zu schieben. Schließlich waren wir recht froh, bald auf Hannelore zu stoßen, wo dann wieder die Unterhaltung zustande kam, für die wir das rechte Wort nicht gefunden hatten, solange wir allein waren.

Abends beim Fernsehen war es besser, und mancher heimlich gewechselte Blick brachte uns mehr Freude als der ganze Spaziergang zu zweit. Im Saal aber war noch jemand, den Hannelore gut gekannt hatte, als sie aufs Lyzeum ging. Sie erzählte mir die Geschichte, wie der junge Mann wegen ihr nach Gotha gereist kam, wo sie ihn aber nicht haben wollte und deswegen eine mächtige Wut auf ihn hatte. Später, als alles vorbei war, schrieb er ihr einen Abschiedsbrief, in dem er sich als getäuscht und betrogen sah. Er mochte sie wohl jetzt in der Dunkelheit des Saales nicht wiedererkannt haben, was ihr auch sehr recht war. Nachher habe ich Doris und Hannelore heimbegleitet. Im Dunkeln läßt sich viel besser reden, weshalb wir noch lange vor dem Haus standen. Dann schlich ich nach Hause, wusch mir in der Waschküche noch die Füße und beeilte mich, auf leisen Sohlen unbemerkt mein Zimmer zu erreichen.

Montag, 20. August
Mutti und ich waren in Daun, die Brille aussuchen. Abends sah ich Doris von meiner Dachluke aus kommen. Ich fuhr ihr ein Stück entgegen, fragte sie, ob wir wieder im Garten Feuer machen sollten. Irmgard wartete vor der Haustür. Wir gingen in den Keller, um Kartons zu holen. Kaum aber waren Doris und ich auf der Kellertreppe, so schloß Irmgard oben die Tür zu. Da war es ganz schön dunkel, ich nutzte die Gelegenheit, meinen Arm um Doris zu legen, indessen wir nichtsdestoweniger baten und drohten, doch zu öffnen, was Irmgard nach einer Weile - leider - tat.

Dienstag, 21. August
Doris' Eltern sind jetzt schon eine Woche weg. Wir waren beide ab zwei Uhr spazieren. Mutti betrachtet es immer mißtrauisch, wenn ich allein mit Doris gehe. Mit dem Unterhalten ist es jetzt schon besser: Wenn wir allein sind, sprechen wir viel

miteinander und sind nicht mehr so auf einen Dritten angewiesen wie früher.

Mittwoch, 22. August

Vormittags habe ich Holz reingeschafft, nachmittags Briketts. Am Abend sahen wir uns beim Fernsehen. Es dauerte bis halb elf. Irmgard war dabei, und ich hatte schon eine mächtige Wut auf sie, weil sie von zehn Uhr an dauernd sagte: „Jetzt muß ich aber gehen, jetzt muß ich aber gehen!" Natürlich blieb sie bis zum Ende und setzte sich noch plötzlich um, was mich daran hinderte, Doris' Hand noch länger zu halten.

Hannelore und Doris nennen mich jetzt „Loisl". Gestern nämlich, als wir auf einem Hochsitz saßen, erzählte ich im Zusammenhang mit früher gesehenen Filmen etwas vom „Jagerloisl", den ich noch aus Bayern kenne, was nicht gleich richtig verstanden wurde, wahrscheinlich dachten sie, ich meinte eine Laus.

Donnerstag, 23. August

Wir haben uns heute gar nicht gesehen, deshalb fuhr ich abends um 8 Uhr mal rauf auf den Berg. Ich legte das Rad in den Graben und lief über die Wiese unter das Fenster, wo Doris mich auch gleich entdeckte. Dort stand ich und kam mir bald vor wie ein Schaf. Wir sprachen kaum; Hannelore bügelte. Obwohl ich gar nicht im Ernst erwartet hatte, daß sie mich zum Hereinkommen einladen würden, war ich doch irgendwie enttäuscht.

Hannelore denkt vielleicht daran, daß die Unsrigen mich nach zwanzigminütiger Abwesenheit schon mißtrauisch fragen, wo ich denn gewesen sei.

Doris bleibt noch eine Woche hier. Es verschafft mir eine bittere Genugtuung zu denken, daß ich jetzt wegfahren würde. Eine Woche. Dann würde ich eines Abends oben anklopfen und den beiden Grazien mitteilen, daß ich mich von Doris verabschieden wolle, da ich bis zum Zeitpunkt ihrer Abreise nicht zurück sei. Fertig. Punkt. Mist.

Freitag, 24. August
Die Brille habe ich abgeholt, außerdem mir eine Taschenbuchausgabe von Kleists Novellen gekauft, für 1,90 DM.

Samstag, 25. August

Kurz vor 20 Uhr mußte ich eine Schüssel zu unseren Wirtsleuten raufbringen. Doris war da. Als ich gleich darauf wieder gehen wollte, fragte mich Frau Becker, ob ich nicht noch etwas Zeit hätte, und so spielten wir ein wenig Karten. Ich erfuhr, daß Hannelore nicht zum Fernsehen kommen würde und Doris um halb neun Uhr gehen müsse. Plötzlich rief mich Mutti runter. Sie wolle nicht, sagte sie, daß ich am Samstagabend „so lange bei anderen Leuten" herumsitze. „Kein Mensch belästigt am Abend andere Leute."

Mutti neigt oft dazu, ihre Ansichten zu verallgemeinern, d. h., sie gibt sie als allgemeine Auffassung aus. Wenn sie glaubt, daß etwas richtig ist, behauptet sie, alle täten das so: Deswegen macht sie oft Aussagen, die mit „Jeder Mensch ..." oder „Kein Mensch ..." beginnen.

Ich ging also runter und wartete im Flur auf Doris. Kurz vor halb neun erschien der Lehrer von Heyroth im Flur. Als er mich sah, hatte er gleich einen Auftrag für mich. Ich sollte ihm beim Kaufmann einen Beutel Natron holen. Ich war mächtig sauer, raste los, holte das Verlangte und war wieder zurück, bevor Doris und Irmgard die Treppe herunterkamen.

Wir standen an der Haustür, da kam Vati aus dem Lokal und ging in den Keller, sah mich aber nicht, weil ich mich schnell versteckt hatte. Irmgard wollte Doris auf dem Heimweg bis zur Brücke begleiten. Ich auch. An der zweiten Brücke kehrte sie um, ich nicht. Jetzt gingen wir allein. Es war gefährlich, wegen der Fenster überall, aber da es dunkel war, legte ich meinen Arm um sie. Vor ihrer Haustür wandte sie mir ihr Gesicht zu. Da drückte ich einen Kuß auf ihre Wange. Eigentlich wollte ich ihren Mund, aber es ging alles so schnell, und ich stellte mich ungeschickt an. Wir fühlten uns auch nicht unbeobachtet.

Ich sagte ihr leise gute Nacht, aber sie gab keine Antwort, sondern sprang schnell die Stufen hinauf. Wenn uns nur niemand gesehen hat; womöglich saß jemand auf dem Häuschen, vor dem wir stehengeblieben waren. Hannelore bleibt es vermutlich nicht verborgen, daß irgend etwas gewesen sein muß, je nachdem, ob Doris ihre Erregung so schnell meistern konnte. Bei mir war es einfacher, erstens hatte ich noch zu laufen, zweitens ging ich schnell in den halb abgedunkelten Saal zum Fernsehen, bis mein Gesicht nicht mehr so feuerte.

Mutti hatte natürlich schon wieder nach mir gesucht, jetzt kam mir der Umstand zupasse, daß ich für den Heyrother Lehrer Natron holen ging, und gebrauchte das als Ausrede. Zeitlich kam das zwar nicht so hin, aber sie merkte nichts.

Sonntag, 26. August

Filterkaffee zu brühen gehört zu meinen Haupt-
aufgaben in der Küche. Von den Einheimischen
wird allerdings Kaffee kaum verlangt, eher von
den Durchreisenden. Im Sommer, wenn es besonders heiß ist, bieten wir Eis an wie heute auch.

Wir haben eine handbetriebene Eismaschine.
Sie besteht aus einem runden Holzbottich, in
dessen Mitte man ein rundes Metallgefäß von
ungefähr zwei Litern Inhalt mit Hilfe einer Kurbel
von außen drehen kann. Dieser Sommer ist ja eher
naß und nicht so heiß, deswegen gab es nicht so
viele Gelegenheiten, Eis zu machen. Das ist eine
etwas langwierige und langweilige Sache. Man
braucht etwa anderthalb bis zwei Stunden. Soviel
Zeit haben meine Eltern nicht, und so bin ich zu
dieser Aufgabe gekommen, nachdem mir die
Sache zum ersten Mal gezeigt wurde.

Die Umgebung darf nicht zu warm sein, weshalb
das Ganze im Keller vor sich geht. In das innere
Metallgefäß kommt die Grundsubstanz, die wir
von einer Firma beziehen. Nachdem sie mit Sahne
und Zucker gemischt worden ist, wird sie flüssig.
Die Brauerei liefert uns regelmäßig große Eis-
blöcke zum Kühlen der Getränke. Davon muß man
entsprechende Stücke abschlagen, sie zerklei-
nern und auf den Boden des Bottichs und um das
Metallgefäß herumlegen. Darauf kommt bräun-
liches Viehsalz, dann wieder eine Schicht Eis,
dann wieder Viehsalz usw., bis das ganze Metallgefäß bis zum Rand von Eis bedeckt ist. Nun muß

man Geduld haben und drehen, drehen, drehen. Durch das Salz soll das Eis schnell schmelzen. Die dabei entstehende Kälte bringt die Eismischung innen zum Gefrieren. Nach etwa anderthalb Stunden kann man den Deckel öffnen und nachschauen, ob es gelungen ist, und wenn nicht - einfach weiterdrehen.

Heute war es kurz nach Mittag fertig. Ich habe draußen auf dem Vorplatz einen Sonnenschirm und einen Tisch aufgestellt und das Eis - nochmal mit frischer Kühlung durch neues Blockeis – für 10 Pfennig die Kugel verkauft. Wir haben dafür extra einen Portionierer angeschafft. Der formt das Eisbällchen und trennt es beim Zusammendrücken des Griffes mit einer innen laufenden Metallschiene von der Halbkugel. Man setzt es auf das Waffelhörnchen und fertig.

Der Andrang war groß, und in wenig mehr als einer Stunde war das Eis ausverkauft. Viel länger hätte es auch nicht dauern dürfen, sonst wäre es wieder flüssig geworden, weil das kühlende äußere Eis schon beinahe weggeschmolzen war.

Abends Fernsehen. Außer zum Tanz war der Saal noch nie so voll. Doris saß neben mir auf der Bank. Sie ist anschmieglicher geworden, ungeachtet der vielen Leute im Saal, die mir nun auch egal sind. In einer Woche, spätestens Montag, ist sowieso alles vorbei!

Montag, 27. August

Abends um halb sechs ging ich rauf zu Hannelore, um ihr den Titel eines bestimmten Werks von Gerhart Hauptmann zu sagen, den sie für eine Rätsellösung brauchte und den ich nachgeschlagen hatte. Inzwischen regnete es, und ich blieb dort. Wir sahen uns Bilder an, wobei ich die beiden anderen Schwestern kennenlernte. Eine ist mit einem Ami verheiratet, die andere wird noch dieses Jahr heiraten.

Dienstag, 28. August

Hannelore und Doris waren heute in Daun an den Maaren. Es hat aber geregnet wie schon seit Tagen. Von meinem Dachboden aus kann ich Hannelores Haus auf dem Berg sehen. Gestern hat Doris zum ersten Mal meine Blinkzeichen bemerkt, die ich schon früher mal mit der Taschenlampe ausgesendet hatte.

Vor einiger Zeit gab ich Doris ein Heft, als sie unten war und etwas zeichnen wollte. Ich sagte ihr, sie solle darin etwas Schönes für mich zeichnen. Jetzt hat sie eine Kopie von Dürers Bild „Der Hase" und eine weitere Kohlezeichnung „Deutsche Boxer" hineingezeichnet. Die Zeichnungen sind wirklich so gut, daß man sie aufhängen sollte. Sie kann das wirklich gut, hätte ich nur einen Bruchteil von ihrem Talent, würden mir die Zeichenstunden in der Schule nicht so beschwerlich sein.

Mittwoch, 29. August

Ich bin bestürzt! Während wir inzwischen munter miteinander plaudern, verhielt Doris sich abweisend, als ich sie heute um halb acht zum ersten Mal gesehen hatte. Aus irgendeinem Grund scheint sie sauer zu sein. Ich frage mich, ob sie nichts mehr mit mir zu tun haben will. Aber wenn man sie ansieht, so könnte man das Gegenteil auf ihrem Gesicht lesen. Vielleicht war es Verlegenheit oder Schüchternheit, genau wie damals, als wir uns noch nicht kannten und nicht wagten, überhaupt miteinander zu sprechen. Vielleicht hat es gar nichts mit mir zu tun.

Nachher, als Irmgard und ich sie nach Hause brachten, sagte sie, sie wünschte, schon am Samstag heim nach Düsseldorf fahren zu können. Früher hatte sie gesagt, daß, wenn es irgendwie einzufädeln ist, sie erst am Montag, das ist der 3. September, fahren würde. „Samstag ist vielleicht noch schönes Wetter zum Spazierengehen", sagte Irmgard. „Was hat man davon?", antwortete Doris. Darauf waren wir so perplex, daß wir gar nichts erwidern konnten.

Die letzten 50 Meter gingen Doris und ich allein; ich fragte sie, ob sie wirklich am Samstag fahren wolle. Sie sagte ja, ich drang auf sie ein, den Grund zu erfahren, doch sie wich aus. Ich gab ihr die Hand, sagte Gute Nacht, doch sie antwortete nicht... Eben sehe ich ihr Zimmer durch meine Dachluke. Aber wenn mich nicht alles täuscht, ist es abgedunkelt, eine Decke vorgehängt oder was ähnliches.

Da kenne sich einer aus bei diesen Weibern!

Donnerstag, 30. August

Gestern abend habe ich noch überlegt, was Doris für eine Anwandlung hatte, daß sie nun plötzlich Samstag fahren will.

Mutti meinte heute morgen, daß sie froh wäre, wenn die Schule wieder beginnt, damit dieses „Rumgezottele" – wie sie sich ausdrückt - endlich aufhört. Ich sagte ihr, daß sie durch mich doch nichts auszustehen habe. Wir diskutierten ein wenig und so nach und nach kam heraus, daß Frau Becker schon mal mit Mutti über Doris und mich gesprochen hat. Ihr Mann, der Christian, ist so furchtbar böse, daß seine Tochter Irmgard abends immer noch draußen ist. Gemeint ist eben das Nachhausebringen von Doris. Die Lage spitzt sich also zu. Da sind zunächst die Beckers, die eigentlich gar nichts damit zu tun hätten, wenn nicht Irmgard dabei wäre; dann Mutti, die mit Argusaugen jeden Schritt überwacht, den ich unternehme; dann Vati, „der das auch nicht haben will", wie Mutti mir sagte, und schließlich Hannelore, die uns eigentlich gut gesinnt ist, aber wer weiß, wie meine Eltern sie bearbeiten.

Vati hat sich natürlich selbst nicht geäußert, wie er es gewöhnlich unterläßt, mit mir irgend etwas nicht unbedingt Notwendiges zu besprechen. Das alles erfahre ich immer nur über Mutti. Vielleicht merkte Doris schon, wie schlecht im Augenblick unsere Sachen stehen und ist deshalb so verändert. Ich wüßte nicht, was sonst passiert sein könnte. Aber mal sehen, wie sie sich heute verhalten wird. Unter Umständen ist es der letzte Tag.

Kurz vor 12 Uhr begann es plötzlich zu regnen; ich raste nach draußen, die Sonnenschirme reinzuholen, und überrannte fast Doris, die mit der gleichen Geschwindigkeit vor dem Regen floh. Wir begrüßten uns äußerst freundlich. Nachher begegnete ich ihr abermals an der Haustür, wo sie mir sagte, daß sie am Sonntag fahren müsse, und es schien, als wolle sie damit ihr Verhalten von gestern wieder gutmachen. Nach dem Essen kam zufällig Heinz mit dem Motorrad seines Chefs vorbei, um Bier zu holen. Er nahm mich ein Stück mit. Zurück ging ich zu Fuß, es begann zu regnen. Als ich bei Hannelore vorbeikam, schaute sie aus dem Fenster und sagte, ich solle hereinkommen, um den Regen abzuwarten. Drinnen bemerkte sie, daß sie von den Bildern noch gar nichts gesehen habe. Wir verabredeten also, daß ich später mit den Fotos raufkommen solle.

Mutti ließ mich natürlich nicht gleich wieder gehen, erst mußte ich mithelfen, die Wäsche zu legen. Dabei ging es gleich wieder los: Ich solle mich doch an Jungen anschließen und nicht dauernd mit Mädchen herumziehen usw. Aber außer Ernst-Wilhelm, der bald ins Konvikt zurückmuß, ist niemand mehr da. Herm und Heinz sind jetzt beide weg. Das mußte sie auch zugeben. Nachmittags ging ich also ganz offiziell nach oben, und wir sahen uns die Bilder an.

Am Abend war Doris bei Irmgard. Als sie nach Hause gehen wollte, blieb Irmgard eingedenk des väterlichen Wutschnaubens daheim. Ich wartete im Hausflur auf sie und fragte zunächst vorsichtig, ob sie es sehr eilig habe. Sie verneinte, und ich bat sie, einen Augenblick zu warten, denn ich mußte einen Schlüssel wegbringen. Inzwischen kam Mutti und sah nach mir. Doris war gottlob nicht zu sehen, und ich nahm schleunigst die Richtung in den Hof, kehrte aber um, als Mutti weg war. Ich ging Doris nach, und als ich um das Haus bog, da stand sie dort und wartete auf mich. Das war das Beste des Tages! Auf dem Heimweg bat ich sie um das Foto von ihr, das ich neulich gesehen und das mir so gut gefallen hatte. Sie versprach es mir, indem sie halb unwillig sagte: „Na ja, wenn du es unbedingt haben willst!!" Noch zwei Tage ...

Freitag, 31. August
Grade war ich oben. Doris spielte mit Els, das ist die Schwester von Hannelores Mann, Federball. Ich sah eine Weile zu, dann gab Doris mir den Schläger, damit ich an ihrer Stelle weiterspiele, und ging ins Haus. Sie wollte fragen, ob Hannelore heute abend zum Fernsehen hinunterginge. Zehn Minuten oder gar eine Viertelstunde vergingen, aber Doris kam nicht wieder. Da setzte ich mich aufs Rad und fuhr weg. Und nun bin ich böse oder

wenigstens sehr verwundert; ich weiß nicht recht, wie ich es nennen soll.

Sie flieht mich, irgend etwas muß doch passiert sein. Seit jenem Mittwoch ist sie so komisch. Dabei gab sie mir noch heute ihr Liederbuch, in dem ich das erwünschte Foto fand. Ich meinerseits gab ihr ein Buch mit Bildern, von denen sie sich etwas aussuchen sollte. Sie gab mir das Buch zurück, darin ein weiteres Foto von ihr. Da war ich wieder froh.

Abends beim Fernsehen war es etwas schwierig, denn Mutti saß gegenüber und beobachtete uns. Das störte sehr, denn es gab Shaws Liebesgeschichte um „Pygmalion", und das Stück hat uns ziemlich beeindruckt. Nun ist alles wieder prima. Ihr seltsames Verhalten heute nachmittag war vielleicht nur Verlegenheit. Im Dunkeln ist sie ganz anders ...

Samstag, 1. September

Über Tag kommt Doris heute nicht nach unten, weil Irmgard mit ihren Eltern nach Köln gefahren ist. Deshalb sah ich sie erst zum Fernsehen. Es war sehr triste, ich saß auf der Bank, sechs Meter von ihr entfernt. Um neun kam eine Sendung vom Katholikentag, da ging Hannelore weg, und ich setzte mich neben Doris. Als es zu Ende war, verließen alle den Saal, Doris ging ins Lokal zu Hannelore. Ich gab den Schlüssel zum Saal ab und verzog mich in mein Zimmer. Von dort aus sah ich sie mit Paul das Lokal verlassen, blinkte mit der

Taschenlampe, bis ich mich plötzlich entschloß und ihnen hinterherrannte, um sie zu begleiten. Als wir oben waren, lud Hannelore mich noch zu einem Schinkenbrötchen ein. Alle versprachen, über meinen Besuch zu schweigen. Nachher tat es Hannelore wohl leid, mich aufgehalten zu haben, sie hatte wohl Angst, daß etwas herauskäme, denn es war schon halb zwölf.

Eilig ging ich los, verließ die feste Straße, um den Weg abzukürzen und fiel dabei in einen Graben. Ungesehen erreichte ich das Haus und schlich die Treppe hinauf. Oben erfaßte mich ein tödlicher Schrecken; ich glaubte mich entdeckt, da ich die Taschenlampe nicht mehr auf der Treppe fand. Erst später erinnerte ich mich, daß ich sie ja zum Blinken mitgenommen hatte. Ich war froh, daß es nicht aufgefallen ist.

Sonntag, 2. September

Am Nachmittag schrieb ich an Doris und schlug, vor, daß wir Briefe wechseln, sobald sie wieder zu Hause ist. An sie wollte ich entweder postlagernd schreiben oder direkt nach Hause. Umgekehrt sollte es „Postlagernd Daun" sein oder über Hannelore gehen. Später sprach ich noch mal allein mit Doris, sie sagte, ich solle an ihre Adresse schreiben, ihre Briefe zu mir kämen über Hannelore. Eigentlich wäre mir der postlagernde Weg lieber gewesen, da wäre ich sicher, daß Doris Eltern nichts wissen. Wer weiß, wer meine Briefe womöglich alles zu sehen kriegt, bei der Oma angefangen... Morgen fährt Doris also endgültig. Bis Gerolstein werde ich mitfahren. Mit dem gleichen Triebwagen, der mich ab übermorgen wieder in die Schule bringen wird. Doris hat gesagt, daß sie vielleicht zu Weihnachten wiederkommen wird.

Montag, 3. September

Um 7 Uhr morgens fuhren wir zur Bahn. Eine entfernte Freundin von Hannelore war ebenfalls dabei. Dann saßen wir im Triebwagen. Wir fanden zwei Dreierbänke, wo auf jeder schon jemand saß. Hannelore mit der Freundin saßen auf der einen, auf der anderen Doris und ich. Mit der rechten Hand hielt ich den Koffer, der neben mir auf dem Gang kippelte, die linke überließ ich Doris, die sie in der ihrigen hielt. In Gerolstein gab es noch Kalamitäten, weil die Wagenklassen geändert worden waren. Nach zwanzigminütigem Warten auf dem Bahnsteig kam der Zug nach Düsseldorf, und dann ging alles sehr schnell. Nachdem Doris' Koffer verstaut war, gab ich ihr die Hand; Hannelore umarmte und küßte sie. Wir verließen den Zug, der sich bald darauf in Bewegung setzte. Nun standen wir allein auf dem Bahnsteig. Hannelore schnupfte ein wenig und putzte sich die Nase. Sie erzählte mir, wie einsam es jetzt oben bei ihr sein würde und daß sie an keiner ihrer Schwestern so hängen würde wie an Doris, die eigentlich nur ihre Halbschwester ist. Hannelores Mutter starb bei ihrer Geburt, sie hat sie nie kennengelernt. Als sie drei Jahre alt war, heiratete ihr Vater wieder, und aus dieser zweiten Ehe stammt Doris. Hannelore hat selbst keine Kinder, und so fühlt sie sich manchmal allein, denn Paul ist meistens nicht da. So waren wir alle beide ein wenig - man kann sagen - trostlos gestimmt. Sie lud mich zu einer Tasse Kaffee ein, bat mich, es ja nicht abzuschlagen. Im Café kam Hannelore auf die Idee, eine Karte an Doris zu schreiben, was wir gemeinsam erledigten.

Nun, da Doris weg ist, kommt mir alles öde und schal vor. Auch wird es Winter. Schon jetzt! Vorhin holte ich noch eine Heizsonne vom Boden. Abends um 8 Uhr ist es dunkel. Ebenso morgens um 6. Dazu kalt und naß... Dann morgens der Weg nach Dockweiler. Alles düster, kalt, grau in grau. Es ist, als hätte der Sommer zugleich mit Doris Abschied genommen, obwohl wir ja erst September haben.

116

Eigentlich ist es verwegen zu denken, solch ein hübsches Mädchen aus der Großstadt käme ausgerechnet in unser Kaff, um... Daher ist es nicht ratsam, sich Illusionen zu machen; in Düsseldorf gibt es doch sicher auch eine Menge netter Jungen! Das ist von mir aus keineswegs ein Verzicht oder ein Aufgeben; es sind nur ein paar Gedankengänge, mit denen ich Doris vielleicht Unrecht tue. Schließlich hat sie mir zuerst ihr Bild durch Hannelore übersandt; als wir uns zwei Monate nicht mehr gesehen hatten, bat sie um eins von mir. Gewiß hat sie in der Zeit von Ostern bis zu den Ferien öfters an mich gedacht, vielleicht sogar öfter als ich an sie!

Dienstag, 4. September
Großes Theater!! Als ich heute aus der Schule kam, war eine Karte von Doris da. Sie schrieb gestern aus Köln, etwa um die gleiche Zeit, in der unsere Karte im Café entstand. Die Anrede lautete: "Lieber Läusl!" Nicht mit "oi", sondern mit "äu" und am Ende ein Gruß, auch an meine "lieben Eltern". Diese lieben Eltern waren aber sehr erbost, sie dachten "Läusl" sei eine Koseform, etwa wie Häschen oder ähnlich, und fanden das gar nicht gut. Man gab mir die Karte nicht; ich sah sie nur auf dem Buffet liegen und nahm sie mir von dort. Beim Essen schauten sie finster drein, und Mutti fing an zu schimpfen, wobei sie im Ausdruck nicht grade sanft mit Doris' Mutti umging, von deren Hand ebenfalls ein Gruß vermerkt war. Das

allein hätte schon die Harmlosigkeit des Ganzen beweisen können.

Bei dem ganzen Geschimpfe überkam mich eine furchtbare Wut, so daß ich das Besteck auf den Teller knallte und den Rest des Essens mit Porzellansplittern sozusagen würzte. (Ich muß mich wirklich ein bißchen mehr beherrschen, obwohl Vati mir zuweilen nicht grade ein gutes Beispiel für Beherrschung gibt.) Mutti lenkte ein und sagte, daß sie und Vati sich doch Sorgen machen würden und sie doch nur mein Bestes wollten. Ich hielt ihr vor, wie lächerlich sie sich mit solcher Übertreibung und solchen Einbildungen - veranlaßt nur durch eine harmlose Karte - machen würden. Ich weiß, daß sie es gut meinen, finde aber, sie machen dabei sehr viel falsch. Vielleicht können sie es nicht besser wissen, weil sie selbst so engstirnig erzogen worden sind. Sie sind auch deswegen so eingeschränkt, weil sie das Gefühl haben, immer um ihre Existenz kämpfen zu müssen.

Aber allmählich gewann ich den Blick für die komische Seite der Sache, und das erheiterte mich plötzlich ungemein. Als ich hörte, daß Vati bei der Lektüre der Karte ausgerufen hat: „Das geht zu weit!", hatte ich genug, um mich für den Rest des Tages zu amüsieren. Mit ihm habe ich, wie immer, noch keine Silbe über die Sache verloren, das geht alles über Mutti. Von ihr erfuhr ich, daß er gesagt hat, sie wäre schuld an allem oder ihre Erziehung, die sie mir angedeihen ließe. Da verfiel ich von einem Lachkrampf in den anderen. Als Vater sollte er mich doch erziehen! Hat er aber noch nicht versucht. In dieser Schuldabwälzung spiegelt sich seine ganze Ratlosigkeit. Zudem möchte ich wissen, wo in aller Welt eine Schuld ist, wenn Doris und ich uns gern haben. Daran könnte keine Erziehung, und wäre es die beste, etwas ändern! Kennzeichnend für das Verhalten von Doris' Eltern ist der freundliche Gruß, den ihre Mutter mit auf die Karte schrieb. Meine Eltern aber sind noch nicht soweit. Wobei ich ihnen zugute halte, daß ich das einzige Kind bin, also keine älteren Geschwister habe, von denen sie den Dreh schon kennen könnten!

Mittwoch, 5. September
Eben habe ich einen Brief an Doris fertig. Es ist schon wieder spät.

Donnerstag, 6. September
Einer aus der Schule hat mich gefragt, ob ich ihm meine „Ars Latina III" verkloppen könnte. Ich suchte sie raus und fand die Bilder, die ich voriges Jahr von Doris gemacht und leichtsinnig immer in Büchern rumgeschleppt hatte, bis ich nicht mehr wußte, wo sie waren. Damals glaubte ich, sie auf der Treppe oder sonstwo verloren zu haben und längst in den Händen meiner Eltern. Um so größer war daher meine Freude, daß diese trübsinnigen Vermutungen nicht bestätigt wurden.

Hannelore ist plötzlich erkrankt. Es soll sehr ernst sein, eine Virusinfektion, von der bis zur Gehirnhautentzündung nur ein kleiner Schritt ist, wie man mir sagte.

Heute hatte Mutti auch wieder ihr Problem. Alle vier bis sechs Wochen gibt es Alarm. Mutti bekommt eine Gallenkolik! Das ist jedesmal eine ziemliche Aufregung. Sie verschwindet im Schlafzimmer und wirft sich auf das Bett. Alles stockt. Wer grade da ist, rennt zum Herd, um Wasser heiß zu machen. Damit wird eine flache, leicht gebogene Wärmflasche befüllt, die Mutti sich dann auf den Bauch legt, um die furchtbaren Schmerzen zu lindern. Es dauert unterschiedlich lange, bis es wirkt. Weil der ganze Betrieb gestört ist, leben wir in der Angst, daß es mal bei Hochbetrieb passiert. Aber bisher haben wir Glück gehabt.

Einmal war Mutti schon so weit, sich operieren zu lassen. Davor hatte sie aber furchtbare Angst und ist am Tag vor der OP aus dem Krankenhaus in Gerolstein entsprungen. Jetzt hat sie in der Radiozeitung was von einer Ölkur gelesen und verschiedene Kapseln bestellt. Ob es helfen wird, das ist ungewiß.

Freitag, 7. September

Immer wieder taucht diese Frage auf, was ich mal werden soll. Eigentlich möchte ich Abitur machen, doch ich bin nicht sicher, ob ich es schaffe. Zu Ostern könnte ich abgehen, aber was dann? Ich wüßte nichts, wozu ich Lust hätte. Die gutbürgerlichen Laufbahnen Beamter, Verwaltungsangestellter usw. interessieren mich keinen Deut. Von den Fächern interessiert mich im Grunde nur Deutsch. Für algebraische Formeln, geometrische Konstruktionen oder französische Grammatik werde ich nie das leiseste Interesse oder Verständnis aufbringen, das spüre ich in jeder dieser Stunden deutlicher. Und jedes Mal, wenn ich auf die Uhr sehe und die Minuten zähle, wird mir klar, wie nutzlos vergeudet diese Stunden an mir vorüberplätschern.

Samstag, 8. September

Hannelore geht es wieder besser. Heute war ich oben; sie hat sich gefreut. Morgen fahre ich nach Trier zum „Tag der Heimatvertriebenen". Die Fahrt kostet nur 2,50 DM.

Sonntag, 9. September

Heute waren wir also in Trier. Um 10 Uhr ein feierliches Hochamt im Liebfrauendom. Danach eine Kundgebung bei der Porta Nigra. Heinz war ebenfalls dabei, er ist in Daun zugestiegen. Nachmittags sahen wir uns Trier an, waren im Café Astoria, was ein ganz vornehmer Laden ist, und tranken später in einem stilechten Keller mit alten Rüstungen, einer Folterkammer usw. noch eine Flasche Wein. An Doris schrieb ich eine Karte; Heinz schrieb an eine Brigitte am Bodensee. Der Text machte ihm viel Kopfzerbrechen. Wir hätten zuerst den Wein trinken sollen und danach schreiben, das wäre leichter gewesen.

Montag, 10. September

Hannelore ließ mir bestellen, daß sie etwas zum Lesen brauche. So ging ich rauf, ahnend, daß sie Post bekommen hatte. Für mich war aber nichts dabei. Hannelore las mir einiges vor. Wenn man hört, wie keck Doris schreibt, so käme man gewiß nicht auf den Gedanken, sie könne irgendwie schüchtern sein oder Hemmungen haben.

Ich bin zu der Erkenntnis gekommen, daß es schlecht ist, wenn es einem zu gut geht, d. h., wenn man nichts zu befürchten hat, sich sicher fühlt und auf seinen Lorbeeren ausruhen kann. Dadurch wird man automatisch zu einem Feigling und Drückeberger. Das geht wahrscheinlich jedem so, deswegen schadet es nicht, ein wenig auf Trab gehalten zu werden, damit man sich beim Verweilen keine Charakterfehler zuzieht.

Auch bastele ich jetzt wieder. Zur Zeit versuche ich das vor zwei Jahren von mir gebaute Audion in Gang zu bringen. Es funktionierte damals nämlich nicht. An Readers Digest werde ich nochmal einen Beitrag für „Menschen wie du und ich" schicken, vielleicht klappt es diesmal!

Dienstag, 11. September
Ich bin zu dem Entschluß gekommen, kein Abitur
zu machen. Das war heute früh. Nachmittags war
ich bei Hannelore, wo ein Brief von Doris auf mich
wartete. Soweit gut. Hannelore sagte mir noch, ich
solle den Brief nicht herumliegen lassen. Ich habe
ihn gut aufgehoben, aber dämlicher konnte ich
mich dennoch nicht anstellen, denn ich ließ das
Kuvert, worauf mein Name stand, auf dem Buffet
liegen. Dort hat es Mutti natürlich gleich entdeckt,
was sofort wieder eine Tirade auslöste. Sie hat so
lange auf mich eingeredet und mir unterstellt, ich
wolle wegen Doris von der Schule abgehen, bis
ich wieder unsicher wurde.
Am besten man schläft!

Mittwoch, 12. September
Früher, da waren wir noch nicht hier, wohnte Doris
bei Beckers in Dreis. Bei mir nebenan auf dem
Speicher steht noch der alte Kinderwagen von ihr.
Doris wollte gern das Rad haben, das einzige, das
noch dran ist, um es als Andenken über ihr Bett zu
hängen. So machte ich es ab und brachte es zu
Hannelore, nicht ohne es vorher mit einem Zettel
zu versehen, sie solle es sich nicht auf den Kopf
fallen lassen.

Frau Becker rief mich heute wegen einer Ratte,
die wohl schon mal in der Falle gewesen sein muß
und matt zwischen den Körben in ihrer Speise-
kammer saß. Ich sollte sie totschlagen. Das war
mir nicht angenehm, denn das Vieh saß ganz still

in einer Ecke. Deshalb holte ich das Luftgewehr und gab ihr einen Kopfschuß, worauf sie sich streckte. Das war viel eleganter, als sie mit einer Schaufel womöglich zu Matsch zu schlagen. - Heute sind zwei Texte von mir abgeschickt worden, einer an eine Illustrierte namens „Kristall", der andere an Readers Digest. Viel Hoffnung habe ich nicht.

Donnerstag, 13. September
Wenn es so den ganzen Tag regnet und die feuchtkalte Winterluft (im September!!) einen frösteln macht, denke ich oft an Doris: Wie schön es wäre, könnten wir nochmal nebeneinander beim Fernsehen sitzen. Ich stelle mir vor, es müßte dann alles warm und gemütlich sein, wäre sie hier.

Samstag, 15. September
Die Absage von „Kristall" ist schon da. Heute an Radio-Rim nach München geschrieben, wegen eines Geradeausempfängers, das ist ein allereinfachstes Radio.
Bin auf Erich Kästners Gedicht „Sachliche Romanze" gestoßen, das mich sehr angesprochen hat. Hannelore war abends beim Fernsehen. Sie ist wieder in Ordnung.

Sonntag, 16. September
Heute kam wieder die Prozession, die immer zur Marienwallfahrt nach Barweiler geht. Die Wallfahrer kehren bei uns ein, bringen sich Kaffee und

Tee mit und wollen nur warmes Wasser für 10 Pfennig die Kanne, um sich das selber aufzubrühen. Sie waren schnell wieder weg, deswegen konnte ich am Nachmittag noch zu Heinz fahren.

Montag, 17. September
Beckers wollten am Abend mit den Unsrigen ins Kino nach Hillesheim fahren. Ich sollte den Betrieb übernehmen, - falls es überhaupt welchen gäbe, denn es ist ja Montag und nichts los. Immerhin, ich war etwas geschmeichelt, daß man mir das allein zutraute. Zwei Tage vorher wurde schon davon gesprochen.

Als es soweit war, saß der alte Nicklas oben bei den Beckers und hatte wie immer Sitzfleisch. Aus irgendwelchem blödsinnigen Grund sollte er das mit dem Kino nicht wissen. Der gute Christian stand fast eine Viertelstunde im Hausflur, die Möglichkeiten erwägend, man könne doch nicht gut ... und man müsse doch usw. Als schließlich genug debattiert und alle Bedenken halbwegs beseitigt waren, zeigte ein Blick auf die Uhr, daß es nun zu spät war. Man tröstete sich damit, daß „es sicher noch viele schöne Filme gibt" und daß man „das nächste Mal besser planen" werde.

Ich war wütend. Kein Mumm, nichts! Diese Schlappheit oder besser mangelnde Entschlußkraft ist kennzeichnend für unseren Hauswirt. Jetzt verstehe ich auch, warum er von früh bis spät in der Schmiede hämmert und es doch irgendwie nichts bringt. So sieht es jedenfalls für mich aus.

Wenn er ein Geschäft machen soll, bei dem nur das kleinste Risiko ist, scheut er zurück wie ein Gaul, dem die immer gewohnten Scheuklappen genommen worden sind, und denkt so gründlich darüber nach, daß er zu keinem Entschluß kommt. Inzwischen macht eben ein anderer das Geschäft. Damals, als er das Auto kaufte, ließ er sich monatelang die gebrauchten Karossen vorführen, um schließlich doch die alte Badewanne zu nehmen, die er zuerst sah und in der acht oder zur Not zehn Mann Platz haben.

Manchmal, das muß ich zugeben, ist die Kiste ja auch für uns ganz nützlich, wenn er damit etwas für uns erledigen kann, was er immer bereitwillig tut. Gekauft hat er natürlich erst, nachdem er bis zum letzten Augenblick gehandelt hatte, und nicht ohne sich ausbedungen zu haben, daß der Verkäufer als Zugabe vorher noch zehn oder 15 Liter Benzin auftankt.

Dienstag, 18. September

Nach einigem Überlegen habe ich Hannelore heute einen Teil meiner Geschichten zum Lesen gegeben. Aber eine nicht, die vielleicht die beste überhaupt ist. Sie heißt „Eine unmögliche Liebe" und handelt von einem Jungen und einer Ärztin, die wesentlich älter ist als er. Ich schreibe die Geschichte hier nochmals ins Reine:

Eine unmögliche Liebe

„Der Nächste bitte!" Er stand auf und ging in das Sprechzimmer. Die Ärztin setzte sich an den Schreibtisch und notierte etwas. Sie war jung, sehr jung sogar, vielleicht 25 oder höchstens 28. Ihr Haar war kurz geschnitten und endete an den Ohrläppchen. Fast war er erschrocken, so hübsch fand er sie. Ein Windstoß warf einige Steinchen an das große Fenster des Behandlungszimmers. „Holla ...!", rief sie impulsiv. Dann sah sie ihn fragend an. „Ich habe es mit dem Herzen", begann er zögernd. „Oh", sagte sie, „so jung und schon eine Herzgeschichte?" „Wie alt bist du denn?", fragte sie dann. „Fünfzehn, demnächst werde ich sechzehn." Sie schien fast ein wenig verwirrt. Warum nur, fragte er sich. Die Untersuchung begann. Aufmerksam betrachtete sie ihn, während sie auf seine Herztöne lauschte.

Er mußte sich auf eine Art Divan legen. Sie beugte sich über ihn. Auf ihrem Gesicht lag ein Zug von jugendlicher Heiterkeit. Sein Herz klopfte schnell, sein Blick irrte von ihren vollen Lippen zur Decke und wieder zurück. Kaum wagte er sie anzusehen. „Schon mal Diphtherie gehabt

oder Scharlach?" „Nein, aber Rippenfellentzündung."
„Wann?" „Hm ... vielleicht als ich sieben Jahre alt war."
„Schon gut." Er wußte selbst nicht, wie er sich trauen
konnte, ihr zu sagen, was er sonst verheimlicht hatte. Sie
schien ihm so einfach und so vertrauenswürdig. „Vor drei
Monaten", sagte er, „hatte ich Mumps und als Folge
davon eine Hodenentzündung." „Das kommt häufig vor",
erklärte sie. Und dann: „Ihr treibt viel Sport, ihr Kerle?"
„Es geht so." „Du hast keinen Herzfehler", sagte sie. „Die
Stiche und Beschwerden kommen wahrscheinlich von
Überanstrengung." Er versprach, sich in Zukunft nicht zu
überanstrengen. Gleichzeitig kam es ihm seltsam vor,
denn seine Eltern meinten, er sei ein ausgesprochenes
Phlegma. „Schilddrüse etwas dick, aber nicht geschwol-
len", konstatierte sie.

Sie verschrieb ihm ein Beruhigungsmittel für das Herz.
Er war wieder angezogen. Sie gab ihm das Rezept und
begleitete ihn zur Tür. „Auf Wiedersehen", sagte sie. Mit
einem eigenartigen Lächeln fügte sie hinzu: „... und ich
würde mal nicht so viel rumrennen!"

Er stand draußen auf der Straße, ein Rezept in der
Hand, buchstäblich wie angedonnert, und versuchte, sich
zu sammeln. Er schaute sich die Umgebung an und
vergegenwärtigte sich Zeit und Ort. Das Blatt entglitt
seiner Hand, der Wind fegte es den Rinnstein entlang. Er
besann sich, stürzte hinterher und fing es wieder ein. Die
Schriftzüge auf dem Papier hatten, so kam es ihm vor,
Ähnlichkeit mit den seinen; er fand sie schön, während
er seine eigenen gar nicht so sehr mochte. Ihm war

eigenartig zumute, wie in einem Traum, nie hätte er gedacht, daß eine ungefähr zehn Jahre ältere Frau einen solchen Eindruck auf ihn machen könnte.

Ein Bekannter fuhr mit dem Auto vorbei und bot ihm an, ihn mit nach Hause zu nehmen. Auf der Fahrt hatte er plötzlich den törichten Wunsch, das Auto möge verunglücken, aber nicht so schwer. Es möge gleichzeitig alles beim Alten bleiben, außer daß er sich mit einigen leichten Verletzungen in die Behandlung der Ärztin begeben könnte.

Am nächsten Morgen goß es in Strömen. Schwermütig, fast verzweifelt, trabte er zur Schule, reihte sich wieder ein in das ewige graue Einerlei seines Schüler-Alltags. „Was zum Teufel schert mich irgendeine Partizipialkonstruktion, der ACI oder eine Gleichung mit soundso vielen Unbekannten?", fragte er sich mutlos. Seine Gedanken waren ganz woanders. „Du mußt sie wiedersehen! Du mußt sie wiedersehen! Du mußt …! Du mußt …!", so hämmerte es in ihm ohne Unterbrechung.

Sportstunde. In strömendem Regen Dauerlauf zur Turnhalle. Sprung über den Bock. Dahinter ein Mitschüler zur Hilfestellung. Er lief an, voller Erbitterung, mit wütender Energie und flog genau seitlich. Dort lag weder eine Matte, noch stand dort jemand, um ihn aufzufangen. Er landete hart auf dem Holzboden der Halle, fluchte innerlich und knirschte mit den Zähnen. Plötzlich kam ihm ein Gedanke, aber er verwarf ihn als zwecklos. Sein rechter Arm schmerzte zwar, doch sonst war er unverletzt. Anschließend nahm er die Herausforderung zu einem Ringkampf an, führte ihn verbissen und verlor.

Sonntag. Er stand auf, zog sich an, war heiter und optimistisch, warum wußte er selbst nicht. Es würde schon irgendwie weitergehen! Aber wie? Vielleicht konnte er sich eine Krankheit ausdenken oder sich leicht verletzen, damit er zum Arzt gehen konnte, beziehungsweise zu einer Ärztin oder genauer: zu der Ärztin, zu ihr. Im Verlauf des Sonntags überlegte er hin und her, bis sein Plan feste Umrisse annahm. Er ging in den Keller und suchte die Axt, die gewöhnlich zum Holzhacken verwendet wurde. Die Schneide war ziemlich scharf, dennoch nahm er einen Wetzstein und schärfte sie nach. Am Abend versuchte er, sich über den Aufbau, die Struktur des Beins zu unterrichten und eine Stelle zu finden, an der keine Sehne verletzt werden konnte.

Montagmorgen kurz vor sechs Uhr lief er quer über den Hof in den Schuppen und zum Hackklotz. Es fröstelte ihn in der kalten Luft. „Etwas Holz mußt du hacken", dachte er, „sonst fällt es auf". Fünf Scheite lagen bereits fertig zu seinen Füßen. Er zögerte, hackte noch zwei Klötze auseinander. Mit zwei weiteren erkaufte er sich noch eine Gnadenfrist. Dann riß er sich zusammen und führte den Schlag, den er tags zuvor hundertmal mit einem Lineal geübt hatte. Er saß genau an der Stelle, wo er ihn haben wollte, aber er erwies sich als zu schwach und hinterließ nur eine weiße, verwischte Stelle auf dem Unterschenkel.

Es war mißlungen. Nun mußte er zur Schule. Es interessierte ihn wenig, daß in der Lateinstunde Caesar Brücken bauen und wieder abreißen ließ, er ließ es geschehen und ergab sich seinen verzweifelten Gedanken.

Am folgenden Morgen erwachte er mit einem Gefühl von Zerrissenheit und dumpfer Verzweiflung. Ohne jeden Elan stieg er mühsam aus dem Bett und zog sich an. Seine Eltern waren noch nicht wach. Er begann damit, sich ein Frühstück zu machen, ein Brot mit Marmelade und Tee. Als das Wasser kochte, ergriff er mit der rechten Hand den Henkel des Topfes, um das Wasser über den Tee zu gießen. In diesem Augenblick hörte er die Schritte seiner Mutter, die aus dem Schlafzimmer kam. Er blickte über seine Schulter nach hinten zu ihr. Ein Augenblick der Irritation, des Schwankens, der vagen, beinahe unbewußten Überlegung, - der Henkel des Topfes rutschte ihm aus der Hand, und das kochende Wasser ergoß sich über seine Linke. - Zwei Stunden später saß er wieder im Wartezimmer.

Noch zwei Leute vor ihm. Endlich war es soweit. Er ging ins Sprechzimmer, ziemlich aufgeregt. Da war es wieder, ihr Bild, nein, sie selbst stand vor ihm mit ihrem wirklichen Gesicht, das er sich in den qualvollen Nächten vorher vorgestellt und von dem er vergeblich zu träumen versucht hatte. Sie betrachtete ihn, der erst vor vier Tagen bei ihr gewesen war, etwas verwundert. Dann aber, als er ihr sein Mißgeschick schilderte, begann sie zu lachen und sah ihn freundlich an. Während sie nach einem Pulver suchte, summte sie vor sich hin. „Die Haut wird ja wohl runtergehen", sagte er, nur um überhaupt etwas zu sagen. Er wollte diese Minuten auskosten, in denen er mit ihr sprechen durfte. „Die zu Haus wissen gar nicht, daß ich schon wieder hier bin. Sie denken, ich wäre in der Schule." „Nette Sache", lächelte sie. Darauf bestrich sie seine Hand mit einer Salbe. „Diese Stelle hier wird sicherlich abgehen", sagte sie, während sie die besagte Stelle vorsichtig mit der Salbe betupfte. „Auf einen Fetzen mehr oder weniger kommt es auch nicht mehr an", behauptete er großspurig. Sie legte einen Verband an. „Rutscht er auch nicht?", fragte sie. „Nee, nee, sitzt prima!" „'Nee', sagt er im Brustton der Überzeugung, und in der nächsten halben Stunde ist der Verband futsch." Er mußte lachen, und sie stimmte ein. Er suchte nach einer Anknüpfung für eine weitere Begegnung. Ohne es zu wissen, nahm sie ihm das Problem ab. „Entweder, ich verschreibe dir ein Pulver, das du selbst auf die Hand streuen kannst, oder du kommst noch mal wieder." Erfreut hakte er ein: „Sagen wir Freitag?! Ja, ich komme am Freitag!" „Du kommst sowieso in die Stadt?", fragte sie. „Hm ..." Er war ziemlich verlegen, wahrscheinlich sogar rot im Gesicht. „Sowieso?", fragte sie zum zweiten Male. „Na, ja. Hm ..." Er hoffte, daß sie ihn jetzt richtig verstehen möge, ohne daß er selbst richtig wußte, was sie an der Sache verstehen sollte. „Ich meine, wenn Sie sagen, ich soll kommen, dann komme ich. Ganz klar!" „Einverstanden." „Dann also: Auf Wiedersehen bis Freitag!" „Auf Wiedersehen!" Als er draußen stand, atmete er erleichtert auf. Es hatte nicht nur großartig geklappt, sondern er durfte sogar noch einmal wiederkommen. Wunderbar! Er hätte Bäume ausreißen können vor Glück.

Der folgende Donnerstag war ein Feiertag. Inzwischen hatte er erkundet, wo sie wohnte. Es war so ziemlich das letzte Haus an einer Nebenstraße, die aus der Stadt herausführte. Im Telefonbuch fand er ihren Namen unter der möglichen Adresse nicht, wohl aber einen Dr. med. Soundso. Ihr Mann? Ihr Bruder? Natürlich hoffte er, das Letztere möge zutreffen. In der Sprechstunde hatte er gesehen, daß sie keinen Ring an ihrer Hand trug. Machten das Ärzte so? Er war sich nicht ganz sicher.

Am Freitag fuhr er schon früh in die Stadt. Bis zum Beginn der Sprechstunde waren es noch anderthalb Stunden. Langsam schlenderte er an dem Haus vorbei, in dem sie wahrscheinlich wohnte. Vor der Tür stand ein Auto. Mit Genugtuung stellte er fest, daß sich das Haus von der nahen Eisenbahnbrücke aus wunderbar beobachten ließ. Er ging noch etwas weiter, bis er das Haus nicht mehr sah. Als er zurückkam, schimpfte er sich selbst einen Esel, denn das Auto war nicht mehr da. Wohin mochte sie gefahren sein? Während er noch überlegte, schoß der hellgraue Opel aus einer unübersichtlichen Kurve hervor. Sie saß am Steuer und blickte geradeaus auf die Straße, ohne ihn zu sehen.

In der Sprechstunde ging es dann sehr schnell. Sie brachte Salbe auf die verbrühte Stelle der Hand und erneuerte den Verband. Inzwischen hatte er die neue Idee entwickelt, sich als Blutspender anzubieten, war aber unsicher, ob das funktionieren würde, und unterließ es schließlich, weil es ihm selbst albern und aussichtslos vorkam. Er fragte sie lediglich, ob sie Latein gehabt habe. Das war alles. Am Abend fand er sich müde und seelisch k. o. Das war also das Ende. Oder nicht?

Zwei Tage später fühlte er sich schlecht, hatte sich erkältet, hustete und behauptete, er müsse unbedingt zum Arzt. „Wegen einer kleinen Erkältung zum Arzt", fragte seine Mutter, „du bist doch sonst nicht so empfindlich." Aber er beharrte darauf. Wie würde die Ärztin sein erneutes Erscheinen aufnehmen? Ihn merkwürdig ansehen? Ihn verspotten? Aber er war doch wirklich krank, fühlte sich jedenfalls so.

Das Wartezimmer war voll. Es dauerte. Nach einer Weile erschien ein Mann im weißen Kittel und rief den nächsten Patienten auf. Es war der Arzt. Nun erfuhr er von anderen Wartenden, daß dieser Mann der Praxisinhaber war und die Ärztin nur eine Urlaubsvertretung gemacht hatte. Sie war eigentlich Assistenzärztin in der Klinik, ebenso wie ihr Mann, beide auf der Inneren Abteilung.

Nachdem er Medikamente gegen seine Erkältung bekommen hatte, fuhr er zur Schule, um dort an den letzten beiden Stunden teilzunehmen. Am nächsten Tag sollte ein Schulausflug in eine größere Stadt gemacht werden. Irgendwie freute er sich darauf.

Mittwoch, 19. September
Eben ist ein fünf Seiten langer Brief an Doris fertig
geworden.

Donnerstag, 20. September
Wandertag, nichts Besonderes. Wie üblich: Kegelbahn, Bier, Zigaretten. Jetzt besitze ich ein
Radio, und zwar habe ich durch bloßes Einsetzen
einer Gleichrichterröhre einen der alten Kästen
wieder flottgemacht.

Freitag, 21. September
In der Schule hat es Krach gegeben, weil gestern
einer von uns aus dem Unterricht abgehauen und
nicht wieder aufgetaucht ist. Der Zimmermann hat
getobt. In Französisch bin ich wegen der vielen
Fehler in meiner Hausaufgabe aufgefallen. In
Deutsch lesen wir jetzt das „Fräulein von Scuderi"
von E.T.A. Hoffmann. Wir haben einen neuen
Deutschlehrer. Der ist ganz prima.

Samstag, 22. September
Mit Hannelore über meine Kurzgeschichten gesprochen, aber nicht über die letzte, die kennt sie
nicht. - Das Radio, das ich haben möchte, ist von
Saba und heißt „Sabine". Es kostet 200 DM, das ist
teuer. Bis Weihnachten könnte ich möglicherweise mit Kegelaufstellen die Hälfte aufbringen.
Vielleicht könnte man sich mit Heimarbeit noch
etwas dazuverdienen, falls es nicht allzu zeitrau-
bend ist.

Sonntag, 23. September
War heute in Daun in dem Film „Die Saat der Gewalt", das war irgendwie verstörend. Danach traf ich zufällig meinen Klassenlehrer Zimmermann, der ebenfalls im Kino gewesen war, und wir sprachen noch etwas über den Film. Etwas überspitzt, aber psychologisch und dramatisch gut aufgebaut. In dem Film kam „Rock Around the Clock" von Bill Haley vor, ein Stück, das Doris auch kennt und mit liebsten hört.

Dienstag, 25. September
Ganz plötzlich ist Hermann aufgetaucht. Er hat Bücher mit Gedichten mitgebracht. - Für Doris habe ich ein insektenartiges Tier, das Vati gefangen hat. Ich wußte bisher gar nicht, daß sie Schmetterlinge und sowas sammelt.

Mittwoch, 26. September
Das Wetter ist sehr schlecht. Man kann nicht rausgehen, sonst ist auch nichts los. - Irmgard hat sich die Haare abschneiden lassen. Sie trägt jetzt statt Zöpfen einen Pferdeschwanz, ganz modern!

Donnerstag, 27. September
Ich lese grade „Das Buch von San Michele" von Axel Munthe. Daß es mir gefällt, ist klar, sonst würde ich es gar nicht erwähnen. Herm hat es ebenfalls gelesen, er meint, der Verfasser wäre etwas überheblich und von sich selbst eingenommen. Aus den gewissen Stellen, die er meint,

könnte man aber ebensogut das Gegenteil lesen, finde ich zumindest. So glaube ich jedenfalls, daß der Arzt, der es schrieb, längst über irgendein Selbstlob hinweg ist. Er ist ganz ehrlich mit sich selbst, bessert nichts an sich, zum Beispiel bei der Cholera-Epidemie in Neapel oder bei der Angst nach dem Duell. Ich möchte auch so ein Kerl sein. Auf alle Fälle beneide ich ihn um manche Einsicht, damit meine ich zum Beispiel jene Stellen, wo ihm etwas vorgeworfen wird oder zu Unrecht ein Verdacht besteht, den er mit einer Handbewegung abtun könnte, es aber unterläßt. Ich muß mich immer erklären und alles langatmig auseinanderlegen, wenn man mir etwas vorwirft oder ich im Gegenteil einen besonderen Verdienst habe. Das ist im Grunde nur Eitelkeit. Künftig halte ich mich besser an das Sprichwort: „Reden ist Silber, Schweigen ...!"

Freitag, 28. September
Herm und ich haben heute Tanzen geübt. Natürlich blieb es bei schmählichen Versuchen. Er kann es schon einigermaßen, ich werde es wohl nie lernen. Wir hupften im Zimmer herum, ohne Musik, nach gepfiffener Melodie, Herm mußte sich als Dame probieren. Es ging natürlich überhaupt nicht. - Hannelore fährt diese Nacht nach Düsseldorf, kommt morgen abend zurück.

Samstag, 29. September
Morgen ist Tanz bei uns. Vorbereitungen. Die übliche Raserei.

Montag, 1. Oktober
Die kleinen Geplänkel und Rempeleien bei unserer Vergnügungsveranstaltung sind kaum noch zu zählen gewesen, es gab einige blutige Nasen. Von Doris kurze Nachricht erhalten, „Brief folgt diese Woche", schrieb sie.

Unser Herr Turnprofessor hat es nicht versäumt, uns heute mit zwei Stunden Laufschule richtig fertigzumachen. In Englisch habe ich Glück gehabt und bin wegen nicht gemachter Strafarbeit nicht aufgekippt.

Dienstag, 2. Oktober
Als ich beim Friseur herauskam, war es dunkel, und es regnete in Strömen. Eine Weile stand ich vor der Tür, da kam jemand vorbei. Wegen der Helligkeit, in der ich stand, und dem Regenschirm, den die Vorübergehende hielt, konnte ich nicht erkennen, wer sie war. Dennoch grüßte ich, aber es gab keine Antwort, der Schirm wippte nur ein wenig, um sich dann wieder zu senken. Nun wurde er ganz geschlossen, und die Trägerin ging in den Laden nebenan.

Zufällig sollte ich auch noch einkaufen; das Netz hatte ich schon bei mir. Im Laden sah ich ein Mädchen, die schwarzen Haare hinten zusammengebunden nach Art eines Pferdeschwanzes mit einem etwas trotzigen Gesichtsausdruck, ziemlich hübsch. Wir waren mit dem Einkaufen ungefähr zur gleichen Zeit fertig, doch ich wartete ein wenig, damit es nicht aussehen sollte, als ginge ich ihr nach.

Vor der Tür steht ein Lastwagen. Es regnet noch immer. Die Unbekannte, die mir noch nie aufgefallen ist, geht etwa zwanzig Meter vor mir, und ich vermerke mit einem inneren Lachen, daß sie sich umsieht, einmal und noch einmal. Da plötzlich, wie ich mich eben freue, dreht sich das Mädchen noch einmal um und sagt: „Kommen Sie, ich nehme Sie mit!" „Ich bin zwar nicht wasserscheu", versichere ich „aber trotzdem..." Es gibt einige Komplikationen mit dem Schirm, weil sie kleiner ist als ich, nehme ich den Schirm. Nach einer Bemerkung über das schlechte Wetter ist unser Gesprächsstoff erschöpft, und wir schweigen, während ich mir vorstelle, was für ein Gesicht Hannelore machen würde, sähe sie mich jetzt.

An der Kreuzung gab ich ihr den Schirm wieder, bedankte mich und ging. Der Christian muß es wohl gehört haben, da er an der Schmiede stand und schaute. Er ist ziemlich neugierig und schaut und horcht immer.

Morgen vielleicht bekomme ich von Doris einen Brief. Die Unbekannte, sie könnte die Tochter des neuen Fleischers sein, irritiert mich nicht weiter. Höchstens daß ich mich ein wenig besser fühle, indem ich weiß, daß ich... Na ja, wieder die liebe

Eitelkeit. Die Sache läuft nämlich auf Folgendes hinaus: Wie ich schon einmal bemerkte, ist Düsseldorf ja eine sehr große Stadt, in der... usw. Es wäre ungerecht zu glauben, Doris wäre mir nicht treu - und grundlos dazu. Aber läge es nicht im Bereich der Möglichkeiten, daß sie sich dort umschaut, zumal in solcher Großstadt? Wenn sie sich wirklich eine Untreue leisten würde, stünde ich nicht da wie ein betrogener Tor, sondern hätte noch anderweitige Aussichten. Natürlich Eitelkeit! Im übrigen habe ich keine Lust, die heutige abendliche Bekanntschaft weiter auszudehnen, wenngleich das Mädchen sehr hübsch ist. Aber das allein genügt ja nicht, da fehlt noch etwas.

Mittwoch, 3. Oktober
Endlich habe ich die Platte „Rock Around the Clock" bekommen, aus dem erwähnten Film. Die Reaktion zu Hause war aber ganz anders, als ich sie erwartet hatte. Vati war entsetzt, er sagte, man könne das den Gästen nicht zumuten... Es wäre unmöglich... „Bei uns nicht! ... Urwaldmusik!" Er drohte an, das Ding in Stücke zu zerbrechen.

Da habe ich die Platte gleich wieder mitgenommen, schließlich habe ich sie bezahlt. Nun muß ich sie eben spielen, wenn Vati nicht da ist, frühmorgens oder sonst wann. Die Platten, die bei uns gespielt werden, sind hauptsächlich Schlager und Schnulzen. Da man hier so etwas nicht kaufen kann, muß ich die nach Anweisung Vatis immer in Gerolstein oder Daun besorgen. Wenn im Titel das Wort Liebe vorkommt, und das ist oft der Fall, dann nennt er ihn mir nicht selbst, sondern meint, ich solle mir den Titel von Mutti sagen lassen, - schon komisch.

Wiedermal bei Hannelore gewesen, wir sprachen über Bücher und auch über die umstrittene Platte von Bill Haley, die unseren Gästen nicht zumutbar sein soll. Kann natürlich sein, daß sie hier keinen Anklang findet. - Herm wird morgen zurück nach Koblenz fahren. Sein Urlaub ist zu Ende.

Donnerstag, 4. Oktober

Wir schrieben heute eine Arbeit über „Das Fräulein von Scuderi". Vati fuhr am Nachmittag weg und kam um elf Uhr etwas angeheitert nach Hause. Dann ist er immer ziemlich nett zu mir. Solche Situationen sind die einzigen, wo man merkt, daß er stolz auf mich ist und mich gegenüber anderen als tüchtig lobt.

Gegen Abend vertrat ich ihn im Lokal. An dem Tisch neben der Theke erzählten sich die Kerls von der Fleischer-Tochter. Es kann sein, daß ich mich irre, aber einer verdächtigte wohl einen anderen, hinter ihr her zu sein. Ein Dritter warf ein, da wäre nichts zu machen, da sie schon jemanden hätte. Anscheinend wirkt sie sehr aufreizend.

Von Doris habe ich noch keine Post. Wahrscheinlich schaue ich morgen mal bei Hannelore nach, ob etwas da ist.

Freitag, 5. Oktober

Wir haben einen neuen Französisch-Lehrer. Ein kleiner, giftiger Herr mit scharf gezogenem Scheitel, der dauernd aus der Haut fährt. Er heißt Langenberg und unterrichtet als weiteres Fach Erdkunde. Er hat von sich selbst den Eindruck, daß er viel verlangt und spricht oft abwertend von „Postbotengeographie", die es bei ihm nicht gebe. Mein Freund wird er nicht mehr werden. Nach einer schriftlichen Überprüfung in Erdkunde hielt er anklagend ein Heft hoch und schrie wütend: „Und das ist ein ganz besonderer Fall!" Es war mein Arbeitsheft. Ich hatte wohl ziemlichen Mist gebaut. Auf dem Kieker hat er mich vielleicht sogar zu Recht. Meine Leistungen sind wirklich schlecht

Für mich selbst habe ich eine Ausrede. Ich führe mein Versagen in diesem Fach darauf zurück, daß ich auf der Volksschule in Bayern keinen Atlas besaß. Eine Ausgabe von 30 Mark kam für meine Eltern nicht in Frage, sie mußten ja auch schon das Schulgeld aufbringen. Deswegen hatte ich lange Zeit auch keine Bibel und keinen Katechismus und mußte mir die Bücher ausleihen, was nicht immer klappte. Das konnte auf die Dauer irgendwie nicht gutgehen.

Wir haben Religion bei unserem Direktor Dr. Michels, jede Woche abwechselnd Bibel und Katechismus. Der Bibelunterricht fängt damit an, daß man sich vor die Klasse stellt, die Hände faltet und ein als Hausaufgabe auswendig gelerntes Stück daraus vorträgt. Als ich eines Tages wieder drankam, hatte ich nichts vorbereitet und mußte eingestehen, daß ich gar keine Bibel besaß. Daraufhin bekam ich nach ein paar Tagen eine von dem Direktor. Und jetzt kommt das Peinliche: In der nächsten Stunde kam ich erneut dran, wohl weil der Lehrer überprüfen wollte, ob ich das Geschenk verdiente und nicht nur Ausreden vorbrachte. Aber es war die Woche mit dem Katechismus, ich wußte wieder nichts, traute mich aber nicht zu sagen, daß ich auch keinen Katechismus habe, weil ich nicht unverschämt erscheinen wollte. Das war wirklich sehr peinlich, und tatsächlich habe ich bis heute noch keinen.

Samstag, 6. Oktober
Wieder einmal großes Geschimpfe und Trara von Vati wegen der berühmt-berüchtigten Platte. Ich weiß gar nicht, wie wir darauf kamen, jedenfalls gab es wieder Krach deswegen. Nun halte ich sie unter Verschluß. Morgen kommt Besuch aus Münster: Tante Anni und Tante Loni, Günters Mutter.

Lese augenblicklich noch mehr von Carossa „Eine Kindheit" und „Verwandlungen einer Jugend".

Sonntag, 7. Oktober
Die beiden Tanten sind eingetroffen. Christian, Vati und ich haben sie mit Beckers Badewanne aus Gerolstein abgeholt. Von Doris noch keine Post. Betrüblicherweise!

Montag, 8. Oktober
Morgen Wandertag. Wir gehen über Ahütte nach Dreis zu uns in die Wirtschaft. Ich sehe dem mit gemischten Gefühlen entgegen. Wenn einige der Kerle rauchen und Bier trinken, mag sich Vati wohl fragen, wie es in dieser Gemeinschaft mit mir bestellt sein mag.

Dienstag, 9. Oktober
Unser Ausflug ist ganz gut abgegangen. Keine Probleme. - Hannelore hatte immer noch keine Post für mich. Sie wundert sich selbst, fragte, ob wir uns etwa gezankt hätten. Andererseits, sagte sie, sei Doris sehr schreibfaul und sie selber bekäme selten einen Brief von ihr. Ja, und ich bekomme auch keinen, wo sie mir doch für die letzte Woche schon einen Brief versprochen hatte!!! Verdammt!

Mittwoch, 10. Oktober
Lese jetzt Gulbranssen: „Und ewig singen die Wälder". Gefällt mir sehr gut.

Donnerstag, 11. Oktober
Ein etwas turbulenter Tag. Mathe-Arbeit. In Geschichte war ich dran, das hat hingehauen. Es kam alles auf einmal, und alles ist gut gelaufen, nur in Erdkunde bei dem kleinen Giftzwerg Langenberg muß ich abwarten, ob es eine 5 oder eine 6 werden wird. Mit diesen Gedanken beschäftigt, nehme ich meine Tasche und gehe zum Bahnhof. An der Kyll-Brücke über den Gleisen schaue ich auf die Uhr, merke, daß etwas nicht stimmt. Es ist erst zwanzig nach 12. Da bin ich nicht schlecht erstaunt, als mir einfällt, daß wir in der sechsten Stunde noch Chemie haben.

Ich sause zurück, unterwegs begegnet mir unser bestgehaßter Pauker. Ich bin noch ganz verdattert, rausche an ihm vorbei, da schreit er mir nach „Guten Tag, Herr Haida". „Du kannst mich mal ..." denke ich, und außerdem, was es für ein Gelächter geben wird, wenn ich gleich den Grund für mein Zuspätkommen angeben muß. Unser Chemist meditiert eben über Fluor und Flußspat, währenddessen komme ich herein, gehe durch die halbe Klasse zu meinem Platz, sage nichts, halte nur den Zeigefinger an die Lippen, damit niemand einen Laut von sich gibt. Der Lehrer hat offenbar gar nichts gemerkt. Glück gehabt!

Freitag, 12. Oktober

Der Tag heute war gar nicht mal so übel. Zwei Arbeiten zurückbekommen. Über „Scuderi" habe ich den besten Aufsatz geschrieben. Die Mathearbeit ist 3. Bevor wir sie zurückbekamen, hatte ich gelobt, einen Rosenkranz zu beten, falls sie 3 sein würde. Wenn einer aus dem Dorf gestorben ist, betet man abends für ihn. Das war daher eine gute Gelegenheit um hinzugehen. Mutti wunderte sich, warum ich auf einmal so fromm wäre, und sah - da sie mir immer etwas unterstellt - in Irmgard und Christel die Ursache meines abendlichen Kirchganges. Daß ich nicht lache!

Aber Mutti paßt jetzt verstärkt auf mich auf. Selbst Hannelore erscheint ihr nun verdächtig. Nachdem ich neulich oben bei ihr war, palaverte sie nachher wer weiß was von dicker Freundschaft, die nicht sein müsse. Dabei war ich in fast drei Wochen nur zweimal dort - so viel sie weiß! In Wirklichkeit war ich viel öfter, etwa vier- oder fünfmal dort. Kopfstehen würde sie, wüßte sie es! Es scheint ihr jedenfalls überhaupt nicht zu gefallen. So ein Quatsch, daß man alles verheimlichen muß, selbst das, wo gar nichts dabei ist. Mütter sind eben komisch. Dabei ist Hannelore der einzige Mensch hier, mit dem man mal über Bücher oder Gedichte sprechen kann.

Um Muttis Bedenken zu zerstreuen, schlug ich vor, Tante Anni könnte als „Anstandswauwau" mitkommen, wenn ich zu Hannelore ginge. Was sie auch tat. Und wen trafen wir unterwegs? Die

Kleine von neulich abends, sie war wohl wieder einkaufen. - Gestern war immer noch nichts von Doris da, ich hätte Lust, morgen die Wurst bei dem neuen Fleischer und seiner Tochter zu kaufen!

Samstag, 13. Oktober
Die Englischarbeit ist 5. - Von Doris noch keine Nachricht. Hannelore glaubt, es liegt daran, daß sie selbst nicht geschrieben hat.

Vorhin war ich mit unserem Besuch, den beiden Tanten, bei der Konkurrenz, beim „Holzschnitzer", den wir immer nur den „Holzkopf" nennen. Dort arbeitet als Dienstmädchen eine Schwarzhaarige, die auch ganz nett ist. Ich habe sie anfangs aus der Ferne mit der Tochter des Fleischers verwechselt, weil sie ebenfalls einen Pferdeschwanz trägt.

Sonntag, 14. Oktober
Die Tanten sind abgereist. Wir brachten sie noch bis Gerolstein. Vati war es sehr peinlich, als ihn seine Schwestern zum Abschied umarmten und küßten, vor allem, weil der Taxifahrer dabei war. Dabei kennt der uns gar nicht. Ich sah den auf mich zukommenden Abschiedsküssen gleichfalls etwas düster entgegen, aber nachher war es nicht so schlimm, wie ich befürchtet hatte.

In der „Vorhölle" habe ich jetzt eine kleine Katze. Abends will sie immer in mein Zimmer, das darf sie aber nicht. So miaut sie nur und steckt ihre Pfötchen durch den Türspalt, wenn ich meine

Finger dorthin halte. Klein, fest und doch zart, können sie so schön streicheln. Dabei muß ich an Doris denken, wie ich immer ihre Hand hielt, obwohl ich es im Moment eigentlich gar nicht tun möchte, weil sie mir so lange nicht geschrieben hat.

Montag, 15. Oktober
Der Christian und Vati, die sonst immer gegensätzliche Meinungen haben, sind sich ausnahmsweise einmal einig. Sie haben über die Katze verhandelt, - und daß sie wegmuß. Ich sah sie heute überhaupt noch nicht, wahrscheinlich ist sie schon irgendwo im Wald. Dabei könnte sie doch die Ratten auf dem Dachboden jagen!

Morgen will ich zu Hannelore gehen, sie hat bestimmt einen Brief, aber ob für mich etwas dabei ist, scheint fraglich.

Dienstag, 16. Oktober
Der gute, liebe, goldene, treue und tierliebende Christian hat heute die Katze abgemurkst, erschlagen mit einem Hammer! Wahrscheinlich einem großen aus der Schmiede. Ich wünschte, die Ratten kröchen ihm innen die Hosenbeine rauf. - Das Dienstmädchen von nebenan soll angeblich aus Neroth sein. Ich sah sie heute früh vor dem Haus, als ich zur Bahn fuhr.

Mittwoch, 17. Oktober
Doris hat noch nicht geschrieben. Langsam fange ich an, die Geduld zu verlieren. Die Fleischer-Tochter habe ich öfters gesehen. Vorhin war sie bei uns, um Bier zu holen. Bei warmem Wetter sitzt sie in einer Farmerhose vor dem Haus auf den Steinstufen. Worauf sie wohl wartet?

Donnerstag, 18. Oktober
Den meisten Bammel habe ich vor der Franz-arbeit. Wir schreiben sie morgen. Wenn die Englischarbeit besser ausgefallen wäre, könnte ich mir ja eine 5 leisten. Französisch kann ich noch schlechter als Mathe. Einige Vorbereitungen habe ich schon getroffen: vier bis fünf Fuschzettel, dazu einen Diktionär und die Konjugationstabellen der unregelmäßigen Verben. Aber was wird das schon nützen?

Freitag, 19. Oktober
Frühmorgens, als ich aufwachte, hatte ich ganz prima Frühmusik, nicht von dem dämlichen Luxemburger, sondern aus Berlin. Da war ich schon ganz gut gelaunt und stand zeitig auf.

Nach der ersten Stunde, in der wir Latein hatten, sagte der Direktor, ich solle mitkommen. Wie das immer so ist, wenn man zum Chef muß, hatte ich ein unbehagliches Gefühl und überlegte, was ich wohl ausgefressen haben könnte. Mir fiel aber nichts ein. Ich blieb vor dem Schreibtisch stehen, und er zog ein Schriftstück heraus, las, und sagte:

„Ich habe dir gestern eine Freistelle verpaßt, und zwar rückwirkend ab Ostern, deine Eltern bekommen also das Schulgeld zurück. Und nun gehe hin und freue dich!" Ich sagte Dankeschön, ging und freute mich. In der dritten Stunde kam die Franzarbeit. War gar nicht so schlimm, habe keinen Fuschzettel gebraucht. Ich glaube kaum, daß sie so schlecht ist.

Hannelore getroffen. Sie hatte einen Brief von Doris für mich, ganz nett geschrieben. Sie möchte mir das nächste Mal, wenn Paul aus Düsseldorf kommt, ein altes Radio mitbringen lassen. Sie hat mir's auch schon mehrmals angeboten. Aber eigentlich möchte ich es nicht annehmen; im Unterbewußtsein regt sich die kleinliche Angst, es könnte mit der Unverbindlichkeit vorbei sein, indem ich dann irgendwie in der Schuld der Familie stehe. Zudem funktioniert meins seit heute einigermaßen; auch spare ich schon auf ein neues.

Abends war ich beim Fleischer einkaufen oder besser bei seiner Tochter. Sie bediente mich nämlich, nachdem sie, erst draußen auf der Treppe sitzend, mit hereingekommen war. Gegen Doris verblaßt sie nun doch etwas. Vielleicht ist sie schwermütig oder wartet auf irgendwas; immer nachmittags und auch, wenn es längst dunkel ist, steht sie an der Haustür.

Samstag, 20. Oktober
Plötzlich habe ich Lust am Zeichnen gewonnen, was mir sonst ein Greuel war. Jetzt zeichne ich mit

Begeisterung und Freude. Allerdings nur Köpfe. Als Vorlage nehme ich meist Fotografien. Heute nachmittag habe ich das Selbstbildnis von dem Maler van Gogh kopiert und bin selbst erstaunt, wie gut es geworden ist.

Samstags kehre ich immer den Platz vor unserem Eingang. Heute kam in diesem Augenblick das Mädchen von drüben aus dem Haus. Sie ging hinein, und bald darauf kam sie wieder und kehrte ebenfalls vor ihrem Haus. Ich mußte lachen; aber nachher, als ich sie beim Kaufmann traf, war meine ganze Selbstsicherheit dahin.

Sie ist zweifellos hübsch, wenngleich sie, glaube ich, mit Doris nicht konkurrieren kann. Aber was mich anzieht ist, daß wir vielleicht viel Gemeinsames haben. Beide sind wir in so einer elenden Kneipe, das wird ihr - noch dazu als Mädchen - ebenso wie mir keinen Spaß machen. Kann sein, ich bilde mir das nur ein, jedenfalls ist es tröstlich zu denken: Da drüben geht es jemandem genauso wie dir.

Sonntag, 21. Oktober
War in Daun bei Heinz, der war aber nicht zu Hause. Zufällig traf ich Hannelore und Paul. Wir gingen zusammen ins Kino: „Teufel in Seide" mit Lilli Palmer. Außerdem habe ich heute viel gezeichnet. Später will ich mich selbst mal portraitieren. Nur bin ich noch nicht sehr sicher; einiges von meinen Produkten mag auch ziemlich stümperhaft sein.

Montag, 22. Oktober

Heute früh treffe ich die Kleine von nebenan wieder. Sage „Guten Morgen". Sie blickt starr an mir vorbei, sagt keinen Ton. Da bin ich platt. Was sie nur hat? Wenn ich sie nochmal allein treffe, und sie verweigert mir einen Gruß, dann werde ich sie nach dem Grund fragen. Vielleicht hat es was mit dem Geschäft zu tun. Konkurrenz? Aber warum so plötzlich? Und was geht das uns an? Am Samstag, als ich mit den Tanten drüben war, war sie noch so freundlich.

Jetzt werde ich einen Abendkurs in Gerolstein besuchen und muß heute noch zur Vorbesprechung hinfahren. Ich will Schreibmaschine lernen.

Das war also die Vorbesprechung. Verschiedene Teilnehmer wollen Steno lernen, andere Buchführung; bisher bin ich der einzige, der Maschine nimmt. Nach der Besprechung hatte ich noch zweieinhalb Stunden Zeit. Es war so triste, da bin ich ins Kino gegangen, ein Kitschfilm, aber grade gut, die Zeit totzuschlagen. Jetzt ist es beinahe Mitternacht.

Dienstag, 23. Oktober

Die Franzarbeit ist wahrscheinlich doch schlechter, als ich dachte. Eine 5 kann es noch werden. Morgen kommt eine Arbeit in Latein. Samstag gibt es Ferien.

Mittwoch, 24. Oktober
Die Lateinarbeit war nicht schwer. Ich habe sie sozusagen aus dem Ärmel geschüttelt. Vorhin kam an unserem Apparat ein Anruf für Hannelore, da konnte ich Doris guten Tag sagen. Sonst nichts, es ging zu schnell. Jetzt habe ich an sie geschrieben.

Donnerstag, 25. Oktober
Französisch 4. Der Lehrer behauptete, daß er angenehm enttäuscht von meiner Arbeit sei und mir diese Vier mit gutem Gewissen schreiben konnte. Ein Fortschritt in unserem Verhältnis!

Im Triebwagen war heute früh so eine Superblonde mit ihrer Freundin. Als ich reinkam, trat ich ihr auf den Fuß und entschuldigte mich. Nachdem ich mich gesetzt hatte, rückte sie den Spiegel auf dem hinteren Fahrersitz (da saß sie nämlich) so zurecht, daß sie mich ins Blickfeld bekamen.

Von meinem Nerother Freund Dieter erfuhr ich, daß die, wie ich glaubte, Tochter des neuen Fleischers gar nicht seine Tochter, sondern eine Schwester seiner Frau ist. Sie heißt Käthe. Das andere Blümchen von nebenan habe ich nicht mehr gesehen, seit es mich nicht grüßen wollte.

Freitag, 26. Oktober
Bei Beckers gab es heute eine Tragikomödie. Irmgard hat dem Klavierlehrer gekündigt. Als sie nach Hause kam, heulte sie, ihre kleine Schwester Helga heulte gleich mit und schließlich auch Frau Becker. Keiner konnte aus Irmgard herausbe-

kommen, was los war und was der Lehrer gesagt hatte. Der Christian malte es sich aus: „ 'Du hast Talent', wird er gesagt haben, 'gib dich nicht mit dem Gewöhnlichen zufrieden'", und so weiter. Nachher waren alle ganz wehmütig gestimmt. Ich war oben in Beckers Küche und erlebte die ganze Szene mit. Es amüsierte mich sehr, doch ich durfte mir das nicht anmerken lassen.

Am Nachmittag tauchte Heinz mit seinem Vetter auf, der zu Besuch ist. Zuerst tranken wir bei uns jeder zwei Bier und einen Wein. Nachher gingen wir zum Holzschnitzer und tranken jeder noch einen Wein. Die Kleine war nicht da. Vielleicht treffe ich sie morgen früh. - Mutti war nicht grade erbaut, fragte nach und rechnete mir genau vor, was ich getrunken hatte. Sie fand, es wäre zuviel.

Samstag, 27. Oktober
Heute früh traf ich sie, die kleine Schwarze mit dem Pferdeschwanz, die mich nicht mehr grüßen wollte. Das sollte jetzt die Probe sein, wenn sie wiederum nicht antwortete, würde ich sie deswegen ansprechen. Ich hatte aber tatsächlich mehr Herzklopfen, als ich mir eingestehen wollte. Sie grüßte tatsächlich, aber zaghaft und leise, so daß ich mir nachher wer weiß wie vorkam.

Eben ist das Licht ausgegangen, und ich schreibe im Schein der Taschenlampe. Zu Hause hat es wieder Krach gegeben, und zwar wegen den Stühlen und Tischen vor dem Hause, die ich wegräumen sollte; davon wußte ich aber nichts.

Vati schimpfte: „Ja, jetzt habe ich den ganzen Mist alleine gemacht, wenn man erst zehnmal verlangen soll...!" Dabei hatte er kein Wort zu mir gesagt, das soll man alles ahnen! So ist er nun mal. Andererseits hat er sich der Sache mit dem Radio angenommen und will mir eins kaufen. Mutti und Vati wollen Montag nach Trier fahren. Wir haben schon wieder was Neues in Aussicht. Eigentlich wäre es schade, jetzt wegzuziehen, wo es hier anfängt interessant zu werden.

Natürlich spukt mir auch noch Heidi im Kopf herum. Mir gefällt ihre Natürlichkeit und Ungezwungenheit, ihre Art zu sprechen und zu lachen, ihr – immer noch – kindlich-heiteres Wesen. Vorgestern hat mir Klaus was Neues über sie erzählt. Daß sie gern mit Jungen umgeht, ist allen bekannt. Vielleicht deswegen will ihre verwitwete Mutter sie nach Weihnachten auf eine Klosterschule schicken, dort gibt es nur Mädchen. Und nun kommt das Tollste: Dieses von Schwestern geleitete Gymnasium soll ausgerechnet in Münster sein!! Wenn ich demnächst dorthin komme, werde ich mir das Ding mal ansehen.

Sonntag, 28. Oktober
Jedes Mal, wenn im Kino ein etwas anspruchs-
vollerer Film gezeigt wurde, versuche ich mir
über die einzelnen Charaktere klar zu werden und
herauszufinden, wie sie leben, welche Art zu
leben die beste sein mag, und ob man sie für das
eigene Leben anwenden könnte. So pflege ich
jedesmal eine neue Lebensnorm aufzustellen. Das
Blöde dabei ist, daß damit die vorhergehende
einfach über den Haufen geworfen wird. Eigentlich habe ich nach dieser Methode alles schon
durch. Zyniker? Gefällt mir nicht. Immer humor-
voll und lachend? Geht auch nicht, weil das Leben
so viele ernste Seiten hat. Stoiker? Man kann nicht
alles ignorieren. Spötter sind unbeliebt. Leichtsinn? Schädigt das Zusammenleben der Menschen. So gibt es keine Norm, alles ist relativ, und
das macht mich unsicher.

Man müßte etwas Festes, Unwandelbares
haben, woran man sich halten kann. Was ich noch
begreifen muß ist, daß man verschiedene Eigenschaften haben oder in Bereitschaft halten muß,
die richtige am richtigen Platz anzuwenden weiß
und sich den Lebensumständen anpassen muß.
Genau betrachtet: Begriffen habe ich's eigentlich
schon, doch kann ich keinen Nutzen daraus
ziehen, weil ich zu schwerfällig bin, diese
Eigenschaften gezielt einzusetzen. Wer das kann,
ist ein Lebenskünstler, aber ich bin höchstens
Lehrling darin.

Montag, 29. Oktober
War in Gerolstein, aber der Schreibmaschinen-
kurs ist verlegt worden. Vati hat in Trier nichts
ausrichten können. Während unserer Abwesenheit hat der Kamin gebrannt, war aber nicht
schlimm.

Dienstag, 30. Oktober
Solche Ferien sind wirklich langweilig. Ich habe
mich aufgerafft, einen Brief an Herm zu schreiben
und etwas gezeichnet. Wenn man so nichts zu tun
hat, ist man bald zu faul zu allem. Das Selbstbildnis, das ich fabriziert habe, ähnelt mir wirklich. Mutti sagte, daß darauf meine Nase aussieht
wie ein großer Knochen! Sie hat es ja überhaupt
mit den Nasen und hält auch ihre eigene für viel zu
groß. Wenn ich mit den Fingern an meiner Nase
reibe, schimpft sie: "Laß' die Gurke in Ruh!" und
behauptet, die Nase könne dadurch größer
werden. Wenn ich eine Grimasse ziehe, sagt sie,
ich solle aufhören, sonst bliebe mir „das Gesicht
stehen".

Mittwoch, 31. Oktober
Mutti ist in letzter Zeit sehr mißtrauisch. Als ich
heute früh beim Fleischer war, wollte sie genau
wissen, wer mich bediente, und das nicht zum ersten Mal. Zufällig sah sie Vatis alte Zigaretten-
spitze bei mir auf dem Tisch liegen, zusammen mit
ein paar Streichholzschachteln. Da unterstellte sie
mir sofort, ich würde rauchen. Habe ich natürlich

schon getan, in Gerolstein unter der Brücke der Kyll, ist aber schon länger her.

Donnerstag, 1. November
Mit Politik habe ich mich bisher nicht viel beschäftigt. Jetzt sieht es in der Welt nach Auseinandersetzungen aus. Die Engländer und die Franzosen, die auf Ägypten wegen des Suez-Kanals sowieso nicht gut zu sprechen waren, haben sich in den ägyptisch-israelischen Konflikt eingemengt. Der zweite Brennpunkt ist Ungarn, wo die Sowjets erstmal einen Rückzieher machen mußten.

Freitag, 2. November
Entweder kann ich nicht mehr Schach spielen, oder der Harald, mit dem ich öfter spiele, hat inzwischen heimlich dazugelernt. Von fünf Partien habe ich drei verloren, eine gewonnen und eine war patt. - Es rappelt in Ungarn, die Kommunisten werden jetzt rabiat.

Samstag, 3. November
Engländer und Franzosen bombardieren ägyptische Städte u. a. mit Düsenflugzeugen. Die übrige Welt, einschließlich der USA, ist empört über solche Aggression.

Der schwarze Pferdeschwanz ist heute mal kurz aufgetaucht, hat sich aber nicht an unsere ungeschriebene, unausgesprochene Vereinbarung gehalten, um fünf Uhr den Hof zu kehren. Vielleicht ist sie wiedermal böse. Um so besser, sonst könnte ich in Schwierigkeiten geraten, wenn Doris an Weihnachten kommt.

Lese jetzt „Fiesta" von Hemingway, sehr gut! Was man von ihm lernen kann: Objektivität und Kaltschnäuzigkeit, aber wirklich in allen Lebenslagen.

Sonntag, 4. November
Heute ein wenig Schach gespielt, einen Brief an die Bild-Zeitung geschrieben, morgen fängt die Schule wieder an. Die Schwarze von drüben sympathisiert anscheinend auch mit den anderen Kerlen, den Dreiser „Halbstarken".

Montag, 5. November
In Ägypten scheint es zur Ruhe gekommen zu sein, die neusten Berichte habe ich noch nicht gehört. Radio Luxemburg meldete heute früh, daß die ägyptische Luftwaffe zu bestehen aufgehört habe. In Ungarn haben sowjetische Panzer die ungarischen Städte in Trümmer verwandelt. Die Führer der Freiheitskämpfer werden zum Schein zu Verhandlungen eingeladen und dann verhaftet. Der letzte ungarische Sender, der immer SOS-Rufe aussandte, ist gestern nachmittag verstummt.

Dienstag, 6. November
Das Heidi-Kind aus dem Triebwagen nach Daun ist wieder da. Sie war im Krankenhaus „wegen Blinddarm". Ich glaube, sie hat Lust, wieder mit mir Verbindung aufzunehmen. Natürlich nur zum

Spaß, wie damals auch, nur wußte ich gar nicht, wie wenig ernst es ihr war. Sie hat mich beinahe zur Verzweiflung gebracht. Nun werde ich etwas schlauer sein, wenn sie sich nochmal an mir versuchen sollte.

Mittwoch, 7. November
Der Südwestfunk hat eine Verstärkeranlage auf den Berg in Dockweiler gebaut. Wir haben jetzt ein wunderbares Bild im Fernsehen, ohne jedes Geflimmer.

Freitag, 9. November
Der Wandertag war anstrengend. Ich habe geraucht, viel geredet und wenig gegessen. - Auf der Rückfahrt saß mir die Superblonde von neulich gegenüber. Klaus sagt die „Superhure". Das ist vielleicht etwas zu drastisch, denn wir wissen eigentlich nichts von ihr. Immerhin zeigte sie deutlich, daß sie schöne Beine hat. Aber ich war so müde, ich hatte an nichts Interesse. Unter uns reden wir von ihr als einem abgeleckten Knochen.

Alles handelt im Augenblick von Krieg und Soldaten, sogar das Fernsehen. Der Abend begann mit einem Schauspiel aus der Zeit Friedrichs des Großen. Die Fürsten verkauften Soldaten an England, sie wurden gegen die amerikanischen Freiheitskämpfer eingesetzt. Das andere war ein Film von Enrico Pratt „The Message", der ein Soldatenschicksal behandelt.

Samstag, 10. November

Ein Schulkamerad von mir ist gestern nachmittag verunglückt. Er wollte das Blei von einem größeren Geschoß abschmelzen, das er gefunden hatte. Es liegt nämlich noch immer aus dem Krieg viel Munition in den Gräben herum. So eine Dummheit! Das Ding ist natürlich losgegangen. Nun liegt er im Krankenhaus mit Splittern im Leib.

Heute früh habe ich Freiwerber gespielt. Das ist jemand, der im Auftrag eines anderen um die „Braut" werben soll. Ein Freund von mir bat mich, einem heimlich von ihm verehrten Mädchen einen Gruß zu bestellen. Wie aufgetragen sagte ich zu ihr: „… schönen Gruß vom Guntmar". Sie war baß erstaunt und fragte mich, wer das sei. Ich klärte sie auf, sie bedankte sich, und ich war froh, gehen zu können, weil mir das Ganze mit einem Male zu peinlich wurde. Als ich Guntmar das erzählte, war er sogar noch hocherfreut, denn er bildet sich ein, sie habe nur Theater gespielt und wisse genau, wer er sei. Illusionen sind doch das Schönste!

Letzte Nacht hatten wir eine ziemlich redselige Frau als Übernachtungsgast. Sie erzählte uns von ihrem Dackel, der immer die Gardinen zerreißt, und so weiter. Als sie wegfuhr, sagte sie zu Mutti, daß sie mich für den Typ eines Theologen halte. Das ist der beste Witz, den ich seit langem gehört habe!

Der schwarze Pferdeschwanz hat heute schon viertel vor fünf den Hof gekehrt. Sie hätte es bestimmt nicht zu tun brauchen, denn zuerst kehrte der alte Pidder von drüben. Dann kam sie und nahm ihm geradezu den Besen aus der Hand. Daß sie den Mann entlasten wollte, glaube ich bestimmt nicht. Ein paarmal fuhr ich an ihr vorbei, um überall Plakate für unsere Tanzveranstaltung aufzuhängen. Es naht nämlich die Kirmes. Etwa eine halbe Stunde später fing ich mit unserem Vorplatz an. Nach einer Weile verschwand sie, kam aber nach etwa fünf Minuten wieder, und wir kehrten gemeinsam.

Ich habe mir für 10 Mark Bücher bestellt: Keller, „Die Leute von Seldwyla" und „Der Spieler" von Dostojewski.

Doris hat mich grüßen lassen. Brief soll bald kommen.

Sonntag, 11. November
Es hat den ganzen Tag geregnet. Man könnte glauben, daß es immer so ist, wenn wir Kirmes haben. Als ich eben die Treppe zu meinem Zimmer raufging, kam Irmgard aus der Beckerschen Wohnung. Ihre Eltern sind nicht da. Sie wollte mir ein Buch zurückgeben. Wir haben noch eine halbe Stunde geplaudert, das kann man ganz gut mit ihr. Nachher kam jemand, und ich ging nach oben. Nach einer Weile knarrte sie ein paarmal heftig mit dem Fenster, daß ich es hören sollte, und erschien auf dem Dach der Veranda. Ich guckte

zum Fenster heraus, und wir redeten noch eine Weile. Mit Doris könnte ich das gar nicht so zwanglos tun. Schade! Irmgard kann manchmal ganz nett sein, aber das Dumme ist, ich glaube es ihr nicht ganz. Irgendwie steht sie mir kritisch gegenüber.

Dienstag, 13. November
Wegen der Vorgänge in Ungarn war es eine Streitfrage, ob nicht im ganzen Kreis Daun das Tanzvergnügen verboten werden sollte. Schließlich hat man es doch grundsätzlich genehmigt. Der Pfarrer in Dockweiler sprach dagegen und rief zur Trauer für die Getöteten des niedergeschlagenen ungarischen Aufstands auf. Gestern ist es sehr spät geworden, deswegen brauchte ich heute nicht in die Schule gehen.

Eben gehen die Burschen den „Kirmesknochen begraben", das ist hier ein alter Brauch am Ende der Kirmes. Irmgard und ich standen oben auf der dunklen Veranda, beide mit Taschenlampen, und schauten uns den Zug an. Als er vorbei war, redeten wir noch etwas. Rein aus Langeweile schloß ich ein Auge und leuchtete mit der Taschenlampe darauf, so daß ich durch das geschlossene Lid nur eine rote Fläche sah. Ich wollte ihr es auch zeigen, konnte mir jedoch nicht verkneifen, sie noch etwas zu ärgern. „Irmgard, mach mal die Augen zu!", sagte ich. Sie tat es. Vielleicht glaubte sie, daß ich etwas anderes vorhätte, möglicherweise sie zu küssen, - aber ich leuchtete ihr nur ins Gesicht, worauf sie anfing zu schimpfen.

Mittwoch, 14. November
Die Bärte sprießen bei uns. Knut und ich haben um ein Päckchen Kaugummi gewettet. Es verliert derjenige, der sich zuerst rasieren muß. Wahrscheinlich ich, denn Knut hat blonde Haare, die sieht man nicht so, außerdem wächst mein Bart schneller als seiner.

Donnerstag, 15. November
Die Schwierigkeiten in Mathe häufen sich schon wieder. Die letzten Algebra-Stunden waren mir eine Qual. Wir haben heute eine Physikarbeit geschrieben. Wenn ich morgen nicht in Mathe oder Französisch aufkippe, habe ich es geschafft, denn Samstag haben wir keine Schule, und bis nächste Woche werde ich die Potenzen so ungefähr kapiert haben. Hoffentlich schreibt der Langenberg morgen keine Vokabelarbeit in Französisch, ich bin nämlich nicht vorbereitet.

Freitag, 16. November
Die liebe Heidi hält es jetzt mit dem roten Willi aus unsrer Klasse. Der fühlt sich plötzlich ungeheuer stark und will mit jedem Streit anfangen, wobei er brüllende Laute ausstößt. Knut brachte einen sehr treffenden Vergleich aus dem Tierleben oder genauer aus dem Leben der Hirsche, die in einer bestimmten Zeit auch brüllen und aufeinander losgehen. Willi hat die Klasse ziemlich gut im Griff und ist ein Streithahn, aber seit meiner Prügelei im Bus hat er vor mir ziemlichen Respekt, was mich eigentlich wundert. Aber mit diesem einzigen Fausthieb im Bus habe ich mir den zweifelhaften Ruf eines Schlägers eingehandelt.- Hannelore soll für mehrere Wochen eine Kur machen. Dann ist sie weg und wird mir fehlen; hoffentlich schreibt Doris bald.

Frauen und Mädchen sind etwas ganz Unterschiedliches und ziehen mich auf ganz verschiedene Weise an. Es ist nicht vergleichbar. Wir bekommen zur Unterhaltung unserer Gäste von einer Firma jede Woche einen Packen mit Illustrierten ausgeliehen. Da sind oft Bilder von Frauen in Badeanzügen drin. In einer war jetzt ein Bild der Schauspielerin Marilyn Monroe, die früher ein Aktmodell war. Auf dem Bild kniet sie ganz nackt auf einem Samtkissen vor einem roten Vorhang und streckt die Arme in die Höhe und reckt ihre Brüste hoch. In der Woche, in der wir diese Ausgabe hatten, bin ich, wenn niemand in der Gaststube war, öfter mal hin geflitzt, um mir das

Bild nochmal anzuschauen. Ich fand es sehr aufregend.

Bei den Mädchen, die ich kenne, fasziniert mich eher ihr Gesicht. Bei Doris und den anderen habe ich komischerweise noch nie überlegt, ob sie auch einen Busen haben und wie der aussehen könnte. Natürlich mußte ich in der folgenden Woche die Sache mit dem Aktbild beichten. Die Formulierung nach dem Beichtspiegel war so ungefähr, daß ich Unkeusches gerne angeschaut habe, was ja auch stimmte. Man muß versprechen, es nicht wieder zu tun, aber das konnte ich guten Gewissens, denn die Illustrierte war schon wieder abgeholt worden.

Samstag, 17. November
Ich glaube, Doris hat kein Interesse mehr, sonst müßte sie doch schreiben, falls ihr etwas an uns liegt. Wenn ihre Bequemlichkeit ihr allerdings wichtiger ist als unser Verhältnis zueinander, kann ich uns beiden nicht helfen.

Wir hatten heute gar keine Schule wegen des Elternsprechtags. Vati war dort und hat bei dieser Gelegenheit erfahren, daß ich eine 5 in Englisch habe. Es hat aber deswegen kein Theater gegeben. - Die neue Kulenkampff-Sendung „Zwei auf einem Pferd" ist wirklich außerordentlich.

Unsere Konkurrenz von drüben soll zum nächsten Ersten aufgeben. Aber nicht die Gastwirtschaft wird geschlossen, es wechselt nur der Betreiber. Dann übernimmt der „Holzkopf" selbst den Laden oder vielmehr seine Braut, die aus dem Hotelfach sein soll und die er vielleicht bis dahin geheiratet haben wird. Vielleicht, ich weiß nicht, wie schnell es gehen wird. Der schwarze Pferdeschwanz sagt dann wahrscheinlich ebenfalls adieu.

Sonntag, 18. November

In der letzten Woche trafen ungarische Flüchtlinge in der Bundesrepublik ein. Die USA haben eine Polizeitruppe zum Suez geschickt zwecks Aufrechterhaltung des Weltfriedens. Der Suezkanal ist zum Schiffsfriedhof geworden, es dürfte zwei oder drei Monate dauern, bis er wieder befahrbar ist.

Mittwoch, 21. November

Es ist nun schon ziemlich kalt, deswegen kann ich nicht jeden Tag schreiben. Mein Zimmer ist ja nicht beheizbar. In der Nacht haben wir Temperaturen von minus 5 und minus 8 Grad. - Beim Holzkopf hat es heute Krach gegeben. Ein Besoffener zerschlug Gläser und randalierte. Man warf ihn raus, anschließend ging draußen die Prügelei weiter. Der Holzkopf holte den Hund zur Hilfe, was aber nichts nutzte. Der Besoffene wurde zu Boden geschlagen, stand wieder auf, schlug um sich, warf eine Frau, die ihn besänftigen wollte, zu Boden und hörte nicht mal auf seine Mutter, die, inzwischen herbeigerufen, sich an ihn klammerte. Schließlich wälzte er sich in völliger Raserei auf der Erde, brüllte laut und trat um sich. Die herumstehenden Kinder lachten und johlten. Keine schöne Sache.

Letzte Nacht habe ich von Doris geträumt. Sie hat mir aber noch nicht geschrieben.

Montag, 26. November

Es war ein seltsamer Tag, und mir ist leicht schummrig. Erst um fünf Uhr kam ich von der Schule, wir hatten noch Schach gespielt. Mutti war auf einer Namenstagsfeier, und ich sollte sie um halb sieben abholen. Aber man ließ mich nicht fort, sondern lud mich noch ein. Jetzt bin ich ziemlich oder sogar sehr blau, denn inzwischen habe ich allerhand getrunken. Zuerst zwei Korn, dann ein Bier, dann zwei Wein und eine Schorle. Als ich zu Hause ankam, war ich auf den Geschmack gekommen, ging in den Keller und trank, um das Maß voll zu machen, heimlich noch zwei oder drei Gläschen Rum. Komisches Gefühl! Das erste Mal richtig blau!

Dienstag, 27. November

Neben der Cremetorte haben sie mir gestern auf der Feier noch Fruchttorte mit Schlagsahne gegeben und danach noch ein Schnittchen mit Wurst, Zwiebeln, Gurken usw. Das konnte nicht gutgehen. Es ging auch nicht gut, sondern nach schlimmem Würgen auf meinen Bettvorleger, der nun fürchterlich nach Rum stank und den ich nachts in der Waschküche noch säubern mußte, denn daß ich Rum getrunken hatte, sollten unsere nicht wissen.

Gestern nachmittag waren wir noch in der Schule. Als wir gehen wollten, hatte der Hausmeister schon alle Türen verschlossen. Es waren nur noch ein paar Minuten zum Zug, und so sprangen wir kurz entschlossen aus dem Fenster. Im Triebwagen war die „Super...". Sobald sie mich bemerkt hatte, spielte sie mit dem Kind in der Nebenbank und schielte dabei zu mir rüber, aber sonst war sie, man kann fast sagen, schüchtern. Entweder ist es ein Trick, oder sie verdient wirklich nicht den Ruf, den wir ihr angehängt haben.

Mittwoch, 28. November
Brief von Doris bekommen. Sie fragt an, ob ich ihr böse sei, weil sie mich so lange warten ließ. Bestimmt würde ich es sein, wenn sie es nicht so gut verstanden hätte, mich durch liebevolle Worte zu versöhnen.

Mittwoch, 5. Dezember
Kurzer Überblick: Sonntag an Doris geschrieben. Montag auf einem nassen Blechdach stehend die Stromleitung für einen Telefondraht gehalten und berührt. Außer dem Schock aber nichts davongetragen. Beim Runterklettern aus Versehen mit dem Fuß die Fensterscheibe eingeschlagen. Am Dienstag französische Nacherzählung verhauen. Kaputtes Fenster erfolgreich vertuscht. Abends im Fernsehen den zweiten Akt der „Zauberflöte"

gesehen. Sehr enttäuscht. „Die Entführung aus dem Serail" war besser. Mittwoch, heute: Meine Nacherzählung in Französisch ist öffentlich verbessert worden, nach dem Motto: Aus Fehlern kann man lernen. Sind also genug drin. Die Note steht noch nicht fest, doch mach ich mir wenig Hoffnung. Morgen die letzte Mathearbeit. Ich habe überhaupt kein mathematisches Verständnis. Wenn kein Engel hilft, habe ich am Ende drei Arbeiten mit 5 in diesem Tertial!

Donnerstag 6. Dezember
Klaus hat einen Coup gelandet! Er arbeitet in der Schülerbücherei. Da er es nicht allein machen kann, braucht er Hilfen. Von denen ist eine krank geworden oder sonstwie ausgefallen, und da hat er es fertiggebracht, daß Heidi eingestellt wurde.

Dienstag, 11. Dezember
Schon wieder eine neue Wendung! Klaus hat soeben erfahren, daß Heidi doch nicht weggeht. Obwohl wir beide die Tage bis zu ihrem Fortgang gezählt hatten, war er komischerweise ganz niedergeschlagen, ich dagegen nicht.

In der Pause überbringt mir der Hausmeister eine Karte von Günter. Er schreibt mir darin alles, was er über die Klosterschule St. Mauritz in Erfahrung bringen konnte. Aber jetzt ist das ja nicht mehr nötig.

Freitag, 14. Dezember

Doris ist seit heute vormittag hier. Ich habe sie aber noch nicht gesehen, denn ich kam erst um fünf nach Hause. Wir hatten Theaterprobe für die Weihnachtsfeier. Irmgard erzählte mir gerade, daß Doris vielleicht mit ihr hier in Gerolstein auf die Handelsschule gehen würde. Natürlich nur ein Plan. Aber wenn ich mir das ausdenke: Doris jeden Tag in unserem Triebwagen von Gerolstein bis zur Bahnstation Dockweiler und noch zwei Kilometer Fußweg zusammen bis Dreis! Das wäre toll!

Andererseits – ich weiß nicht. Eigentlich bin ich froh, daß Doris nichts mit dem zu tun hat, was bei mir das „Berufliche" ausmacht. Das sind zwei geschlossene Lebenskreise. Vielleicht würde das nicht gutgehen. Aber es wäre schon ein tolles Ding, wenn sie immer hier wäre. Gar nicht auszudenken! Hannelore will vielleicht von ihrer Hardthöhe herunter ins Dorf zu Zeltinger ziehen. Das ist gegenüber von uns. Wir würden uns jeden Tag sehen. Aber so gut kann man es ja gar nicht mit uns meinen. Es wird deshalb wohl nur ein Plan bleiben, auch wenn Hannelore einverstanden ist. Sie hat als Tochter und Schwester ziemlichen Einfluß in der Familie.

Samstag, 15. Dezember

War heute oben bei Doris. Sie hat einen Platten-spieler bekommen und ihn mitgebracht. Außerdem eine ganze Menge Jazz-Platten, aber auch Opern und das „Ave-Maria" von Schubert.

Sonntag, 16. Dezember

Gestern kam eine Postkarte mit einer Einladung nach Münster. Zwei Tanten von mir wohnen dort und mein Cousin Günter. Natürlich will ich jetzt hier nicht weg. Unsere wollen aber, daß ich fahre. Da habe ich erst mal Theater gemacht, von wegen dem freien Willen des Menschen usw. Hat aber nichts genutzt. Schließlich mußte ich nachgeben, sonst hätte es noch mehr Krach gegeben und eine saure Weihnacht. Doris hatte ich vorher gesagt, daß ich der Einladung nicht folgen würde. Hannelore mußte ich heute, als ich sie im Flur traf, das Gegenteil erzählen. Mit Doris konnte ich nicht mehr sprechen. Zum Fernsehen wollen sie heute nicht kommen.

Schließlich halte ich es nicht mehr aus und rase, hemdsärmelig und ohne Jacke, nach oben. Entschuldige mich, das Abendbrot zu stören. Die Stimmung ist schlecht und Hannelores Miene eisig, als ich nochmals frage, ob sie nicht zum Fernsehen kommen wollen, wozu sie ja unten bei uns im Flur schon nein gesagt hatte. Doris sitzt wortlos da und schält Hagebutten. Paul ist blau. Er reizt Hannelore noch dauernd und macht Witze, obwohl er gerade mit dem Motorrad gestürzt ist und sich den Anzug dreckig gemacht hat. Das war es auch, weshalb Hannelore so sauer war. Es betraf gar nicht mich. Ich erzählte stockend und mit belegter Stimme quasi schuldbewußt die Sache mit Münster. Die Stimmung schien sich dann etwas zu bessern, und nun wollten sie doch zum Fernsehen kommen. Ich ging schon vor, um nicht durch längeres Wegbleiben Aufmerksamkeit zu erregen, und war fast froh.

Aber es kam niemand. Wer weiß, was jetzt wieder dazwischengekommen ist. Ich habe immer gedacht, wenn zwei sich einig sind, gibt es keine Schwierigkeiten, aber da beginnen sie wahrscheinlich erst.

Einer meiner größten Wünsche ist heute erfüllt worden: Ich habe ein kleines Radio bekommen. Eigentlich sollte es erst zu Weihnachten sein, aber da ich wegfahre, kriegte ich es schon jetzt. Es kommt mir vor wie eine Bestechung: Ein Radio geschenkt bekommen und gegen meinen Willen weggeschickt werden, damit ich Doris nicht treffe. Meine Eltern sehen es nämlich weiterhin nicht gerne und denken sich wer weiß was. Ich hätte nicht gedacht, daß der Tag, an dem ein so langgehegter Wunsch in Erfüllung geht, einer der unglücklichsten und zerrissensten meines Lebens sein würde.

Bin auf das Gedicht „Der Mensch" von Matthias Claudius gestoßen. Es hat mich schwer beeindruckt, weil ich im Moment in so einer fatalistischen Stimmung bin. Es ist alles darin gesagt.

Montag, 17. Dezember
Habe mir heute die Langspielplatte mit dem Querschnitt aus der „Lustigen Witwe" gekauft. War damit gleich oben, wo alles wieder in Butter ist. Fast zwei Stunden. Unsere hatten das natürlich gemerkt und waren nicht erbaut. Vati sagt nichts, aber spielt böse.

Mittwoch, 19. Dezember
Gestern war Lehrerkonferenz, heute Weihnachtsfeier. Es hat alles geklappt. Doris habe ich nicht gesehen. Samstag fahre ich nach Münster.

Freitag, 21. Dezember
Heute war ich ganz offiziell oben zur Verabschiedung. Eine Stunde. Zum Abschied brachte Doris mich nach draußen, da haben wir uns geküßt. Als ich nach Hause kam: miese Laune. Ich weiß nicht, warum eigentlich, ich war doch mit Ankündigung dort. Anschließend Bescherung: ein Trockenrasierer, noch zu dem Radio dazu. Es ist prima, aber das ist es, was mich fast verrückt macht: Beschimpfung und Bescherung, beinahe gleichzeitig. Als der Krach war, blieb ich trotzig und fest. Dann werde ich auch noch beschenkt.

Montag, 24. Dezember
Nun bin ich schon den dritten Tag in Münster. Hier lebt auch eine Tochter von Vatis verstorbener Schwester Adelheid. Diese Cousine ist recht lustig, sie wohnt mit zwei Freundinnen zusammen.

Sie muß schon etwa 30 sein, ebenso wie ihre Freundinnen, die sie schon lange kennt. In der Familie heißen sie „die Mädels".

Mit meinem Cousin Günter habe ich sehr viel unternommen. Das ist hier doch was anderes als in unserem Dorf, hier ist was los. Es gibt viele Kinos, man kann ins Theater und ins Museum gehen. Günter bearbeitet mich, ich solle nach Münster ziehen und hier weiter zur Schule gehen.

Im Gespräch mit ihm habe ich einige über-raschende Aufschlüsse darüber bekommen, wie Mutti und Vati über die Sache mit Doris denken. Sie hatten mit Tante Loni gesprochen, als sie uns damals besuchte, und die hatte es Günter erzählt. Zu mir sagt Mutti immer: „Bilde dir nichts ein, sie mag dich ja sowieso nicht!" Günters Mutter erzählte sie, Doris laufe mir nach. Tolle Diplomatie! Aus dem, was Günter erzählte, wird mir sehr deutlich, wie ernst sie es nehmen, vielleicht noch ernster als ich selbst. Wenn sie jetzt noch erfahren, daß Doris vielleicht von Ostern an immer in Dreis sein wird, dann ist die Hölle los. Sie schicken mich womöglich auf ein Internat!

Dienstag, 25. Dezember
Wir haben wunderbar Weihnachten gefeiert bei den „Mädels". Gestern und auch heute. Alle drei sind wirklich sehr nett. Eine davon, Elisabeth, ist Lehrerin in der Schule, wo Heidi hinkommen sollte. Seltsamer Zufall!

Donnerstag, 27. Dezember

Gestern schon wieder bei den „Mädels". Inge spielt sehr gut Klavier, wir sangen, tranken Wein und machten Fotos. Nachdem ich alle Blitzbirnen aufgebraucht hatte, stellten wir „lebende Bilder" und machten Aufnahmen mit drei Sekunden Belichtungszeit: Fünf Köpfe über der Tischplatte.

Günter und ich fühlen uns von ihnen ernst genommen und geschätzt, wenn nicht gar als aufstrebende junge Genies betrachtet. Das gefällt uns gut und verursacht eine Art Wettlauf um die Gunst dieser älteren Mädchen oder eigentlich Frauen, die schon länger im Beruf stehen.

Heute mit Günter zum Vorsehungskloster St. Mauritz. Es liegt weit außerhalb der Stadt, sehr einsam, beinahe mitten im Wald. Wir mußten bestimmt eine Stunde zu Fuß laufen. Ein riesiger Gebäudekomplex aus roten Backsteinen mit Türmchen und Verzierungen, wahrscheinlich aus dem 19. Jahrhundert. Ich bin sicher: Wenn Heidi hierherkäme, würde sie in den ersten 14 Tagen ausreißen.

Dienstag, 1. Januar 1957

Bin seit gestern wieder zu Hause und gleich bei der Silvester-Fête für die Dörfler eingespannt gewesen. So würde man das in Münster nennen. Seit einer Stunde schreiben wir das Jahr 1957. Es langt mir wieder mal. Morgen oder vielmehr heute ist auch noch Tanz.

Mittwoch, 13. Februar

War mehrere Tage krank, lag mit Fieber und Kopfschmerzen im Bett. Für Mutti die Gelegenheit, mir einen von ihren berühmten „Jeder Mensch/Kein Mensch"-Sätze um die Ohren zu hauen: „Jeder Mensch würde bei diesem Wetter eine Mütze aufsetzen. Nur du gehst morgens mit nassen Haaren zum Bahnhof!" Aus Münster hatte ich einen Brief an Doris geschrieben und meine neuesten Informationen mitgeteilt, nämlich, wie die Unsrigen meine Freundschaft mit ihr sehen. Natürlich hatte ich nicht geschrieben, daß Mutti behauptet hatte, Doris liefe mir nach. In Wirklichkeit ist es ja eher umgekehrt.

Trotzdem ist der Brief wie eine Bombe eingeschlagen. Sie mögen in etwa so gestaunt haben wie ich, als Günter mir alles erzählte. Hannelore war ziemlich verstört, als wir darüber sprachen. Sie sagte, daß Doris unter diesen Umständen nicht mehr schreiben würde. Das bedeutet also die Einstellung unseres Briefwechsels. Auch der Plan, daß Doris hier zur Schule gehen könnte, ist damit praktisch ins Wasser gefallen. So haben die Unsrigen ja indirekt erreicht, was sie wollten. Wenn wir uns in den langen Trennungszeiten nicht mehr schreiben, ist es wahrscheinlich aus.

Dienstag, 12. März

Seit dem letzten Tagebucheintrag ist abermals Entscheidendes geschehen. Die Karnevalstage haben mich ziemlich mitgenommen. Außerdem hatten wir Besuch aus Bremen von Tante Geli, einer anderen Schwester meines Vaters, und ihrem Mann. Den Onkel kennenzulernen, war ein Vergnügen, er heißt Willy und ist nach außen ein alter Haudegen und Schwerenöter, hat aber Angst vor dem Autofahren. Vati und er haben ihr Wiedersehen mit ordentlich Alkohol gefeiert. Mit der Tante, die sehr aufgeschlossen ist, habe ich am Fastnachtsdienstag das erste Mal getanzt. Jemand hatte ihr gesagt, ich könne Walzer, was aber nicht stimmt. Sie hielt trotzdem tapfer durch. Später klappte es besser, und wir tanzten noch zweimal. Danach faßte ich Mut und tanzte noch mit Irmgard und einem anderen Mädchen.

Den Plan, nach Münster zu gehen, hatte ich schon wieder abgeschrieben, aber ein ernsthafter Brief von Günter, der die Vorzüge der Stadt und des kulturellen Angebots pries, hat meine Eltern wankend gemacht. Vati wird nach Münster fahren, und zwar hauptsächlich, um nach über 15 Jahren seine Mutter wiederzusehen. Sie ist, zusammen mit ihrer Tochter Loni, Günters Mutter, aus Hirschberg herausgekommen und wohnt nun in Münster. Sogenannte „Spätaussiedler". Außerdem will er mit ihnen über meinen möglichen Aufenthalt in Münster reden.

Noch ein mehr oder weniger freudiger Schreck in der Mittagsstunde: Vom Bahnhof in Dockweiler kommt die Nachricht, es seien Möbel für uns angekommen. Es sind dieselben, die Oma und Tante Loni bei ihrer Ausreise mitgebracht und jetzt hergeschickt haben. Unsere alten Möbel, wie mögen die wohl aussehen?!

Montag, 25. März

Als wir die Sachen vom Bahnhof Dockweiler abgeholt hatten und die Kisten öffneten, überschwemmte uns eine Fülle von Kleinteilen und Gerümpel. Es quoll aus allen Kisten, Kommoden, Schubladen und Nachtschränkchen. Wir sind heute, nach 14 Tagen, immer noch nicht fertig mit Aussuchen, Einordnen und Wegschmeißen. Oma und Tante Loni haben aber auch wirklich alles eingepackt, was irgend möglich war. Nicht mal einen Fetzen Stoff schienen sie „den Polacken" lassen zu wollen.

Es waren auch Bücher dabei, u. a. ein großes Wilhelm-Busch-Album, und der Schreibtisch von Vati, 1937 bei der Eheschließung angeschafft. Jetzt bekomme ich ihn und bin glücklich darüber, ein Kleiderschrank, ist ebenfalls für mich. Außerdem habe ich jetzt eine Laute in allerdings bedenklichem Zustand, einen Leuchtglobus, bei dem die Grenzen nicht mehr stimmen, eine alte Briefwaage, einen Aschenbecher aus dem Bruchstück einer ehemaligen Granate, wahrscheinlich aus dem I. Weltkrieg, einen weißen Elefanten aus Porzellan und das Metallrelief eines hinter einem Geschütz stehenden Wehrmachtssoldaten, befestigt auf einem schwarzen Holzstück. Das macht sich alles sehr gut auf und über dem Schreibtisch. Schon immer hatte ich mir einen gewünscht. Und jetzt werde ich fortgehen. Fast tut es mir leid, obwohl ich es wollte. Es ist nämlich jetzt abgesprochen und entschieden: Nach Ostern werde ich in Münster sein und dort zur Schule gehen.

Günter meint, ich solle auf das Wilhelm-Hittorf-Gymnasium wechseln, das er selber auch besucht, allerdings wird er dann nicht mehr dort sein, weil er inzwischen das Abitur hat. Ein Problem ist noch, welchen Zweig ich besuchen soll. Auf dem neusprachlichen müßte ich ein bis zwei Jahre Englisch nachholen. Nehme ich den mathematisch-naturwissenschaftlichen Zweig, so muß ich in Englisch nichts nachholen und kann Französisch abwählen. Das wäre sehr verlockend. Andererseits ist Mathe natürlich so ein Problem. In Physik war ich ganz gut, bis wir die Wärmelehre bekamen. Ich erinnere mich, daß es mir nicht gelang auszurechnen, wieviel Grad eine Flüssigkeit hat, die aus zwei Flüssigkeiten zusammengegossen wird. Die hatten nämlich verschiedene Volumina und auch noch unterschiedliche Gradzahlen. Da mußte ich passen.

Mir ist da also etwas bange, und ich frage mich, ob ich über meinen Schatten springen kann. Günter dagegen ist in Mathe und den Naturwissenschaften spitze, und er hat versprochen, mich zu unterstützen. Allerdings wird er nur begrenzt Zeit haben, er ist ja dann kein Schüler mehr, sondern Student an der Universität. Ich bin mir noch nicht sicher, ob ich das wagen kann.

Dienstag, 26. März

Unsere Klasse erreicht zum Schuljahrsende die Mittlere Reife. Wir machen eine Abschlußfeier, genannt Kommers, bei dem ich sehr stark beteiligt bin. Ich habe ein paar Verse geschrieben über Rock 'n' Roll und Halbstarke, die ich vortragen werde, und ein Gedicht als Dank an die Lehrer, das auf die erste Seite des Programms gedruckt wird. Außerdem habe ich ein „Trauerspiel" geschrieben für zwei Darsteller mit dem Titel „Aliquis semper haesit", eine Abwandlung des lateinischen Sprichworts. Hier sind es sogar zwei, die hängenbleiben, obwohl sie vorher einen Lehrer um Fürsprache gebeten hatten, aber vergebens. Schließlich finden sie sich mit dem Sitzenbleiben ab und machen ihre resignierten Betrachtungen:

„Schmählich ließen sie uns kleben,
Doch wir wollen ihn' vergeben."

Und dem Resümee:

„Das ist nun der Lohn des Strebens
Und die Quintessenz des Lebens:
Alle Mühe war vergebens!"

Und:

„Ist die Welt uns auch verschlossen,
Machen wir doch unsre Glossen,
Keiner läßt uns jetzt noch hoffen,
Darum ha'm wir uns besoffen."

An diese etwas deftigen Schlußverse schließt sich die Mahnung an die Lehrer an, niemanden mehr sitzen zu lassen, damit nicht dadurch sein Seelengefüge erschüttert wird, und er einen schlimmen Lebenswandel beginnt.

Das Ganze ist etwas kabarettistisch aufgezogen, die beiden Schüler sprechen abwechselnd allein, dann mit Grabesstimme zusammen. Mutti, der ich stolz einiges vorlas, war ziemlich entsetzt. Sie hat Bedenken, wie die Lehrer es aufnehmen werden, und hat mich schon ganz konfus gemacht, und so schwanke ich zwischen Begeisterung und Mutlosigkeit, so ähnlich wie der eine Schüler spricht, den übrigens ich spiele:

„Wie ich nun, ich dummer Laffe,
inne ward mit Müh' und List:
alles ist doch kalter Kaffee,
alles ist doch großer Mist!"

Dienstag, 2. April
Der Kommers war ein ziemlicher Erfolg, für mich ebenfalls. Einige Lehrer haben mich auf meine Texte angesprochen, Schüler sowieso. Eine ältere Lehrerin, die mich gar nicht unterrichtet, zeigte sich ebenfalls beeindruckt. Sie fragte mich aber, bezogen auf das Rock 'n' Roll-Gedicht, ob ich die Dinge immer so ernst nähme. Sie scheint es als sehr pessimistisch einzuschätzen.

Nachher haben wir noch bis ein Uhr Rock 'n' Roll getanzt, man lernt es schnell. Durch diesen Erfolg bin ich am Ende meiner hiesigen Schulzeit in den Vordergrund gerückt. Da habe ich doch wirklich heimliche Verehrerinnen, von denen ich nichts wußte und die wohl nicht erst seit Neuestem für mich schwärmen. Vor etwa drei Wochen wurde ich von Jungen, die im Auftrag von diesen Mädchen tätig waren, um Bilder von mir gebeten. Einer wollte gleich zwei, - möglichst Paßfotos -, der andere eins. Wenn es nicht unabhängig von solch verschiedenen Seiten gekommen wäre, würde ich glauben, man wolle sich über mich lustig machen.

Bilder habe ich nicht herausgegeben, aber doch erfahren, wer diese Mädchen sind. Eine geht in die Berufsschule und fährt auch im Triebwagen mit. Ich tue so, als wüßte ich nichts, habe aber jeden Dienstag – da ist sie an Bord - Angst einzusteigen. Sie frißt mich bald auf. Die andere ist eine nicht üble Quartanerin, allerdings etwas älter, als man sonst auf Quarta zu sein pflegt.

Und nun tatsächlich zwei Mädchen aus unserer Klasse, mit denen ich schon lange sozusagen offiziell zu tun habe. Eine Blonde und eine Schwarzhaarige, das ist Brigitte. Da ich hinter ihr sitze, kann ich jeden Tag ihre schwarzen Zöpfe und ihre geschwungene Nackenlinie bewundern. Das ist vor allem schön, wenn der Unterricht mal nicht so interessant ist, was ja öfter vorkommt.

Freitag, 5. April

Hier im Dorf gibt es seit einigen Wochen auch einen Neuzugang, das ist Gina, eine Schweizerin, die mit ihren Eltern an den Fuß des Berges gezogen ist. Ihr Vater ist oder war ein bekannter Radrennfahrer, die Mutter Schauspielerin. Wie man hört, hat sie zusammen mit Gina mal in einem italienischen Film mitgewirkt.

Heute nachmittag fuhr ich auf den Berg zu Klaus und Knut, um Federball zu spielen. Da kam Gina zum ersten Mal herauf, und die Gelegenheit war sehr günstig, sie kennenzulernen. Knut ist ganz verschossen in sie, er redet schon tagelang auf dem Schulweg nur von ihr. Sie ist ein prima Mädchen, intelligent und spritzig, vor allem gefällt mir ihre Sprache so gut. Sie kommt aus Zürich, ist aber in Wien geboren. Nach dem Federballspielen haben wir noch über das Fernsehen und Fernsehspiele diskutiert. Knut erzählte von einer Ansagerin, die während einer Sendung irgendwie in Verlegenheit gebracht wurde. „Sie ist ganz rot geworden", sagte er. Darauf fragte Gina: „Habt ihr etwa Farbfernsehen?" So eine Bemerkung scheint mir typisch für sie. Das behaupte ich, obwohl ich sie erst einen Tag kenne.

Samstag, 6. April

Doris ist auch hier, ich traf sie im Dorf und brachte sie nach Hause. Sie fragte mich nach einem Mädchen mit Pferdeschwanz aus dem Triebwagen, und ob ich wüßte, wer das sei. Einen

Augenblick überlegte ich, etwas mißtrauisch, und sagte, es müsse Heidi sein. Doris nannte mir den vollen Namen und erzählte, sie sei mit einer Kusine von Heidi in eine Klasse gegangen. Sie kennt Heidi von Bildern. Da bin ich sprachlos, was es nicht alles für Zufälle und Verbindungen gibt!

Ich schlug Doris vor, einmal mit auf den Berg zu Klaus und Knut zu kommen, dort könne sie vielleicht mal Gina kennenlernen. Gina zu erwähnen und damit als Bekannte einzuführen, war ganz gut, denn Irmgard und Christel gehen mit ihr in Daun auf die Handelsschule. Da wird Irmgard Doris auf jeden Fall von ihr erzählen. Wenn ich mich nur einmal mit Doris so unterhalten könnte wie mit Gina. Vielleicht ist es möglich, Gina und Doris einmal miteinander bekannt zu machen. Es wäre schön, wenn sie Freundinnen würden.

Donnerstag, 11. April
Die Zeichen stehen auf Abschied: Unser letzter gemeinsamer Ausflug mit der Klasse, bevor wir uns alle zerstreuen. Wir waren zwei Tage in Bonn und haben das Bundeshaus, das Landesmuseum und anderes besucht. Während der Hinfahrt habe ich viel an Gina gedacht, was für ein prächtiges Mädchen sie doch ist! Ich denke, daß, würde ich mit ihr eine Freundschaft schließen, mein ganzes Leben sich ändern könnte. Sie ist so natürlich, so ungezwungen, daß ich in ihrer Gegenwart ein ganz anderer Mensch bin und alles Kleinliche und Pedantische von mir abfällt. Sie ist auch hübsch,

und ihr Lachen gefällt mir so, daß ich richtig loslege, um sie dazu zu bringen, daß sie lacht

Das waren so meine Gedanken auf der Hinfahrt. Am Tag danach trat Brigitte, mit der ich ja schon die ganze Schulzeit absolviert habe, in den Vordergrund. Eigentlich hatte ich die ganzen Jahre, in denen wir in der Klasse zusammen waren, keinerlei Absichten in Bezug auf sie. Erst in den letzten Tagen hat sich das etwas geändert. Durch den baldigen Abschied ist unser Miteinander enger geworden, und nun ist das ruhige Flämmchen richtig aufgeflackert. Sie ist aus ihrer sonstigen Reserviertheit herausgetreten und hat mich heimlich, aber für mich doch offensichtlich ermuntert. Jetzt ist es zu spät, ich hätte es eher wissen oder merken müssen. Morgen sehe ich sie nochmal.

Freitag, 12. April
Heute war also unser letzter Schultag. Wir hatten nur noch eine Messe oben in der Kirche und konnten dann nach Hause gehen. Nach der Messe verabschiedete ich mich von Brigitte. Sie hatte anscheinend auch keine rechte Lust, schon heimzugehen, und so standen wir noch ein wenig vor dem Kirchenportal und unterhielten uns. Schließlich gab ich ihr die Hand, sagte auf Wiedersehn, und wir entfernten uns in verschiedene Richtungen. Unten auf der Straße trafen wir wieder zusammen. Brigitte kam mit Ute dahergeschlendert und ich mit Dieter. Er und ich wollten uns

natürlich noch von Ute verabschieden. Und so verabschiedeten wir uns alle noch einmal, jeder von jedem, nahmen das aber irgendwie nicht so ernst, denn in dem Augenblick, nachdem wir auf Wiedersehen gesagt hatten, luden wir die beiden Mädchen ein, mit uns noch ins Café zu gehen. Sie zögerten erst ein wenig, aber wir konnten sie leicht überreden.

Es schlossen sich noch Anneliese und Uli Bleil an, und so saßen wir zu sechst im Café, Brigitte neben mir, und verbrachten noch eine ganz schöne Stunde miteinander. Am Bahnhof, mußten wir uns endgültig verabschieden. Brigitte gab mir noch einmal ihre kräftige kleine Hand und sagte zu mir und Dieter, wir sollten mal schreiben. Damit war meine Schulzeit in Gerolstein vorbei.

Mittwoch, 17. April
Was eigentlich während meiner Abwesenheit mit Gina und den anderen los war, möchte ich gerne wissen, erfahre es aber nicht. Klaus erzählte mir nur, daß sie nach mir gefragt habe. Sie weiß, daß ich nach Münster ziehe und bedauerte es schon lebhaft. Überhaupt weiß sie fast alles über mich, das hat sie so aus den anderen herausgefragt. Sie scheint ein verstärktes Interesse an mir zu haben. Das würde erklären, warum sich Knut so komisch benimmt, wahrscheinlich ist er eifersüchtig.

Jedesmal, wenn ich Gina treffe, bewundere und beneide ich sie wegen ihrer Lebensauffassung. Sie nimmt alles so leicht und locker. Sie ist

Atheistin, doch möchte ich ein wenig von ihrer Leichtigkeit oder sogar von ihrem Leichtsinn besitzen. Denn ich bin so ein verfluchter Pedant, obwohl ich mich selbst immer dagegen wehre. Sie leichtsinnig, ich pedantisch, eine solche Freundschaft könnte vielleicht beiden etwas geben.

Der nahende Abschied hat alle Beziehungen irgendwie befeuert. Außer der mit Doris. Wir sind es ja gewohnt, uns für längere Zeit voneinander zu verabschieden. Das ist nicht neu. Aber diesmal könnte es für länger sein oder gar für immer?

22./23. April

Heute bzw. gestern hatten wir Tanz. Ich habe mich mit fünf Versuchen daran beteiligt. Zwei gingen gerade so, einer war entmutigend, einer katastrophal und einer ziemlich gut. Zu wenig Zeit, um richtig in Stimmung und Fahrt zu kommen, und andauernd gab es Unterbrechungen, weil ich in Keller oder Küche was arbeiten oder holen mußte.

Nur wenig Zeit gab es, mich von Doris zu verabschieden. Es geschah etwas förmlich.

Mutti fällt es, glaube ich, gar nicht so leicht, mich ziehen zu lassen. Was die Arbeit betrifft, die ich ihnen abgenommen habe, darüber macht sie sich keine Gedanken. Mehr darüber, daß wir zum ersten Mal auf längere Zeit voneinander getrennt sind. Seit letzter Zeit überhäuft sie mich mit guten Ratschlägen, wie ich mich in der Ferne verhalten soll. „Sei in der Stadt vorsichtig im Straßenverkehr!" und „Halte dich - vor allem bei Ausflügen -

immer an die Anweisungen deiner Lehrer!"
Außerdem soll ich - bei der Hitze - vorsichtig sein,
wenn ich ins Wasser gehe und mich vorher
ordentlich abkühlen.

Für die Reise hat sie mir gestern den Koffer fein
säuberlich gepackt, wie ich es gar nicht könnte,
genügend zu Essen wird sie mir sicher außerdem
mitgeben.

Wohnen werde ich zunächst bei meiner Tante
Anni, der ältesten Schwester von Vati, die als
Telefonistin bei der Landwirtschaftskammer in
Münster arbeitet. Sie ist eine fröhlich-
optimistische ältere Dame mit viel Familiensinn.
Seit sie selbst in Münster gelandet ist, hat sie es
sich sozusagen zur Aufgabe gemacht, möglichst
viele Mitglieder der Familie in diese Stadt zu
holen. Mit ihrer Mutter und Schwester hat es ja
geklappt und vorher schon mit Günter. Auch bei
den „Mädels" hatte sie wohl ihren Anteil. Insofern
paßt mein Erscheinen in ihre Pläne.

Dienstag, 23. April
Heute ist der letzte Tag in Dreis. Von Gina habe ich
mich auch verabschiedet. Sie sagte: „Du mußt mir
alles schreiben, was du tust!" Ihre Munterkeit wird
mir fehlen. Bin todmüde. Es geht schon bald auf
Mitternacht. Morgen der Aufbruch ins Neue,
Unbekannte...

Dank an

Anke, Christine, Eva, Günter, Jochen
und, vor allem, an Ursula